유연하게 흔들리는 중입니다

요가를 하며 만난 낮은 마음들

유연하게 흔들리는 중입니다

초판 1쇄 발행 2019년 4월 29일
초판 3쇄 발행 2021년 1월 29일

글 최예슬
그림 김민지

책임편집 김소영
디자인 Aleph design

펴낸이 최현준·김소영
펴낸곳 빌리버튼
출판등록 제 2016-000166호
주소 서울시 마포구 월드컵로 10길 28, 202호
전화 02-338-9271 ㅣ **팩스** 02-338-9272
메일 contents@billybutton.co.kr

ISBN 979-11-88545-53-7 03810
© 최예슬 · 김민지, 2019, Printed in Korea

이 도서의 국립중앙도서관 출판예정도서목록(CIP)은 서지정보유통지원시스템 홈페이지(http://seoji.nl.go.kr)와
국가자료공동목록시스템(http://www.nl.go.kr/kolisnet)에서 이용하실 수 있습니다.(CIP제어번호:CIP2019013619)

요가를 하며 만난 낮은 마음들

최예슬
쓰고

김민지
그리다

유연하게

흔들리는

중입니다

빌리버튼 billybutton

몸과 마음에
힘과 유연함을 키웁니다

오늘을 살아가면서
각자의 방식으로 연습합니다

요가 매트 위에서 몸을 의도한 대로 자유롭게 움직이기 위
해서는 힘과 유연함이 필요합니다. 힘도 유연함도 하루아
침에 생겨나는 것은 아니라서 우리는 노력합니다. 몸의 힘
과 유연함을 위해서 여러 가지 요가 동작들을 반복적으로
수련합니다. 가끔은 넘어지기도 하고 덜컹거리기도 하지만
별일 없다는 듯 일어나 다시 한 번 해봅니다. 마음에도 의

도를 세웁니다. 마음을 의도한 대로 자유롭게 움직이기 위해서도 힘과 유연함이 필요합니다. 마음의 힘과 유연함을 키우기 위해 요가를 합니다. 요가 매트 위에서 내 마음의 한가운데로 들어갑니다.

　그림을 그리는 민지와 글을 쓰는 저는 1년이라는 짧지 않은 시간 동안 함께 의도를 세우고 서로에게 필요한 연습을 하며《유연하게 흔들리는 중입니다》를 쓰고 그렸습니다. 2018년 2월 경리단길의 작은 카페에서 농담처럼 나눈 이야기가 이 책의 시작이었습니다. 6개월은 할 수 있을까 생각했던 여정은 즐거움이 동력이 되어 1년 동안 이어졌습니다. 진심을 담아 서로를 응원하면서 시간을 쌓았습니다. 최대치라고 생각했던 1년에 다다라 이제 한 권의 책으로 마침표를 찍으려고 합니다. 함께였기 때문에 할 수 있었다고, 고마웠다는 이야기를 전합니다.

　나의 글을 읽어주는 사람이 있다는 것은 대체 어떤 기분일까, 읽어줄 사람이 존재하는 글을 쓰는 사람들은 얼마나 행복한 이들일까, 혼자서 써왔던 짧지 않은 시간 동안 독자는 단 한 명, 나 자신인 글을 쓰면서 자주 했던 생각이었습니다. 읽어주시고 응원해주시는 분들이 계셔서 긴 호흡을 이어올 수 있었습니다. 가끔 마음이 넘어진 날에도 별일 없다는 듯 일어나 다시 한 번 해볼 수 있었음을 고백합니다. 고맙습니다. 덕분에 아주 행복한 1년이었습니다.

자신의 의도대로 몸과 마음을 움직이기 위해 필요한 연습을 환한 마음으로 하면서, 그럼에도 가끔 넘어지는 자신을 귀여워하면서, 스스로의 가장 좋은 친구가 되어주길 바랍니다.

최예슬

요가를 하며

내 마음 한가운데로

들어갑니다

내 청춘 그 자체였던 회사 생활을 매듭 지은 뒤 프리랜서로 전향하고, 처음 느껴보는 자유에 휘청이던 시기가 있었다. 울타리 안에서야 겨우 자유로울 수 있는 인간이었나, 하는 자괴감이 들 정도로 일과 사생활의 균형을 잡는 일이 버겁게 느껴졌다. 그런 마음이 나를 잠식할 무렵 자연스럽게 요가를 만났다.

내가 다닌 요가원은 거울이 없는 공간임에도 요가 수련을 할 때면 거울 앞에서 발가벗은 채로 나를 바라보는 기분이 들었다. 매트 위에서의 내 다리 모양이 눈에는 보이지 않아도 외부로 향하던 눈의 방향을 안으로 돌려 나의 현재 몸과 마음의 모양을 있는 그대로 바라보게 했다.

운동으로 시작한 요가는 롤러코스터 같던 내 삶에 정신적인 안전바가 되어주었고, 제법 균형을 잡고 살아간다고 느끼던 어느 날 길 위에서 예슬을 만났다.

남산 아래 위치한 요가원은 들어설 때의 기운만으로도 내 마음을 설레게 하는, 건강함을 품은 공간이다. 한 시간 동안 나를 이끌어주는 선생님이 나눠주는 진심이 담긴 이야기가 내 마음을 울리는 날이면 수련을 통해 따뜻해진 마음을 그림으로 녹여낸다. 그 날의 그림에는 어김없이 곰돌이를 닮은 그녀가 등장하곤 했다. 건강하게 그을린 피부와 또랑또랑한 눈을 가진 나의 요가 선생님, 예슬이었다.

바깥은 춥지만 볕은 따뜻했던 2월의 작은 카페에서 이 책은 시작되었다. 초콜릿을 양껏 먹어서인지 우리가 함께 해서인지 입도 마음도 달달했던 기분과 그 날의 빛을 머금은 커피잔의 영롱한 색. 그 시간과 공간의 것들을 기억한다. 그곳에서 이야기를 주고받으며 우리는 함께 요가에서 이를 작업하기로 했다. 함께 요가를 하고 그 날의 마음을 담아 글을 쓰고 그림을 그리기로.

주말 저녁, 예슬이가 보내주는 원고를 읽고, 가장 먼저 위로받는 건 다름 아닌 내 마음이었다. 예슬이의 글은 나의 모난 곳을 감싸고 때로는 아물지 않은 상처를 가만히 만져주기도 했다. 글은 사려 깊은 그녀의 요가 수업을 꼭 닮아 있었다.

글을 정성 들여 읽은 뒤 눈을 감는다. 한 여자아이가 머리맡에 그려진다. 여자아이의 이야기가 녹아든 요가 자세를 떠올린다. 어느 날은 눈물을 뚝뚝 흘리며 그리기도 하고, 어떤 날은 벅찬 마음을 담아 그리기도 한다. 그림 속 여자아이는 예슬이기도 하고, 나이기도 하고 우리의 글과 그림에 공감해주는 분들 모두이기도 했다.

서로의 글과 그림을 가장 먼저 볼 수 있음에 고마워하며 우리의 글과 그림을 기다리는 이들을 위해 작품을 올린다. 그 시간은 언제나 노오란 개나리처럼 싱그러웠다. 혼자였으면 파도 거품처럼 쉽게 사라졌을지도 모른다. 혼자가 아닌 함께여서, 공감해주는 분들이 계셨기에 1년이라는 시간 동안 멈추지 않고 이어나갈 수 있었다. 소중한 시간을 엮어 책으로 나올 수 있음에 감사하다.

남들보다 잘 열리는 몸이지만 제대로 여는 방법에는 미숙해서 놓치고 지나가는 부분이 많았는지, 작년 가을 결국 탈이 났다. 한동안 몸과 마음을 추스르며 나를 살피는 시간을 보냈다. 요가를 다시 시작한 요즘의 나는, 지금 이 시간을 오래오래 걷기 위한 준비 과정이라 여기고 몸 안의 필요한 곳에 근육을 채우는 상상을 하며 한 걸음 두 걸음 천천히 내딛고 있다.

삶에서 넘어져 웅크려 앉을 일이 생길 때마다 몸을 다쳤던 그날을 떠올리며, 긴 여행을 위해 잠시 쉼표를 찍을 시간이라고 나를 다독인다.

요가와 인생은 참 닮았다.

김민지

2
모두
각자의 시간을 산다

3
흔들릴 수 있다는 것은
거기에 무언가 있기 때문이다

1

나밖에 되지 못하는
나와 손을 잡고

나무 같은 사람이
되고 싶어

브룩샤아사나

"나무 같은 사람이 되고 싶어."라는 말을 했었다. 나무가 태어나서 내내 어떻게 살아가는지 하나도 모르면서 나무 같은 사람이 되고 싶다는 바람을 가졌던 내가, 과거에 있었다. 큰 질투나 집착이 없는 편이지만, 아니 없는 줄 알았지만 나중에야 알게 되었다. 관계에서도, 일에서도 균형에 집착할 때가 많다는 것. 흔들리는 나 자신을 내가 허용해주지 않는 것이다.

살아 있는 모든 것들은 흘러가게 마련이니까 삶은 늘 이리저리 움직이는 것이 당연한데, 한자리에 우두커니 서서 변하지 않기를 바라곤 했다. 나무가 얼마나 많이 흔들리며 태어난 장소에서 포기하지 않고 살아가는지 알지도 못하면서. 눈이 많이 내리면 나무는 휘어져 눈을 안은 채 다정한 햇살을 기다리고, 바람이 많이 부는 날에는 신나게 춤을 춘다. 나무는, 단단한 뿌리 위에서 성장하는 내내 흔들린다. 그렇게 흔들리며 더 많은 잎을 담을 수 있는 나무가 된다.

매트 위에서 우리들은 흔들리는 시간을 만난다. 두 개의 발 중 하나를 지면에서 떼어낼 때, 그리고 그 발을 옮겨놓을 때, 단단히 디딘 한 발로 몸을 지탱하고 흔들리며 균형을 만난다. 그러다 팔을 움직이면 또다시 흔들리게 되겠지. 흔들려도 괜찮아, 나에게 말한다.

흔들리는 모든 것들이 부러지거나 넘어지지는 않는다. 흔들리다가 어느새, 균형은 찾아올 것이다. 조절하지 못하

는 것도 삶이고 그러다 어느 날 균형을 잡는 것도 삶인데 어떤 삶의 모습이 꾸준히 미움을 받는다고 생각하면 나에게 미안해진다.

흔들리는 날도 있고, 조절하기 어려운 날도 있다. 그러나 살아가며 수없이 흔들리더라도 단단히 서서 중심만 잃지 않으면 된다. 그렇게 있다 보면 어느 날에는 중심을 잡지 못하는 나의 소중한 친구 곁에서도 손을 잡아줄 수 있지 않을까.

나는 여전히 나무처럼 살고 싶다.

각자의 길을 경쾌하게 걷기

비스바미트라아사나

길을 만든 것은 사람이다. 가끔 하나인 것처럼 보이는 어떤 길은 누군가가 하나의 길을 만든 다음 더 이상 아무도 만들지 않아서 그렇게 보이는 것뿐인지도 모른다.

부산으로 가는 교통수단 중 내가 가장 좋아하는 것은 기차이다. 더 이상 빨라지지도 갑자기 느려지지도 않는 속도로 계속해서 달리다가 사람들을 태우거나 내려주고 다시 일정한 리듬으로 달려가는 기차에 몸을 맡길 때면 마음이 편안해진다. 일정한 리듬을 만들고 그 안에서 반복적으로 시간 쌓는 일을 몹시 좋아하는 성격에 아주 적당한 교통수단이라 부산에 갈 때뿐만 아니라 마추픽추에서 쿠스코로 돌아오는 길에도, 델리에서 리시케시로 향하는 길에도 나는 기차를 선택했었다. 가만히 앉아서 책을 읽거나 글을 쓰거나 음악을 듣거나 아니면 머리를 텅 비운 채 바깥을 보고만 있으면 어딘가에 도착하는 감각이 매우 좋다. 그렇게 도착한 장소는 비행기로 난데없이 먼 곳에 도착해버렸거나 오래 걸어 무거워진 다리를 이끌고 도착한 곳보다 더 다정한 첫인상으로 다가온다.

친구의 결혼식이 있어서 오랜만에 가는 부산이었다. 갈 때에는 전날 미리 기차로 내려가고 돌아오는 길에는 친구가 결혼식 하객을 위해 준비한 버스에 올라탔다. 중간에 휴게소에 들러서 함께 가는 친구들과 기지개를 켜기도 하고 버스에서 늘어지게 자다가 일어나 어둑한 버스 안에서 팟

캐스트를 듣기도 하고, 준비해준 간식을 먹기도 했더니 꽤 즐거운 버스 여행이 되었다.

며칠 후 외국에서 한국으로 돌아온 다른 친구는 우리 집에서 하루를 묵고 집이 있는 부산으로 비행기를 타고 이동했다. 빠른 걸음으로 달려가 부모님을 만나기 위해.

하늘에도 길이 있고, 산을 지나는 길도 있고, 레일 위의 길도 있다. 그렇다면 그중 부족한 길이란 것이 있을까? 나에게 부족한 마음으로 다가오는 어떤 길은 누군가에게는 아주 귀한 길일지도 모른다. 이렇게 가나 저렇게 가나 결국 목적지에 도착할 테고, 우리들은 모두 조금은 다른 길의 기억을 안고 그곳에 서 있을 뿐이다.

비스바미트라아사나를 향해 가는 가장 좋은 길은 손의 기반을 잘 펼쳐서 사용하는 것과 허벅지 안쪽의 근육을 부드럽게 만드는 것, 바닥에 닿아 있는 발을 견고하게 하는 것이라고 생각해왔다. 그렇게 기반에서 시작하는 힘과 그 연결에만 늘 마음을 두고 동작을 만났다. 자주 엉덩이가 무겁게 느껴졌고 몸의 옆선에는 힘이 잘 채워지지 않았는데,

비스바미트라아사나가 아닌 다른 동작을 하던 어느 날, 문득 이 동작을 해보니 그동안 무겁게 느껴졌던 이유를 알 것만 같았다. 그날은 겨드랑이 안쪽에 공간을 충분히 열어둔 채 시간을 오래 보냈고, 허벅지의 안쪽과 복부의 옆면에도 빈칸을 만드는 기분으로 한참 동안 몸을 펼쳐두었다. 문을 열고 오래 환기를 시키는 기분으로. 그렇게 열어둔 자리에 힘이 차오르자 그제야 동작이 조금 더 가벼워졌다. 아, 딱딱한 곳에는 부드러운 힘이 채워지기 어려운데 그걸 생각하지 못했구나. 요가 동작들이 재미있는 이유 중 하나는 다르게 다가가면 다른 것들이 보인다는 점 때문이다. 그리고 모든 갈래의 길에서 그 길에서만 만날 수 있는 풍경을 각자 자기답게 만난다.

그 길도, 이 길도, 어쩌면 누군가의 다른 길도 있다. 이쪽 길로도 걸어보고 저쪽 길로도 걸어보면서, 길을 충분히 만나고는 누군가에게 이야기한다.

"여기에 향기가 좋은 길이 있어요. 그런데 저 길에는 멋진 산이 있고요. 또 저쪽 길에는 푸른 바다가 있을

지도 몰라요."

그러니까 어느 길로 걸을지 결정하는 것은 결국에는 나 자신. 즐겁게 걷되 다른 아름다운 길이 도처에 있음을 잊지 않는다.

같은 길을 같은 속도로 걷지 않아도 괜찮다. 가끔은 아무도 가지 않은 길에 아름다운 꽃이 피어 있을지도 모르고 나와 다른 길을 가는 이들이 그들에게 꼭 맞는 멋진 풍경을 만나고 있을지도 모른다. 우리는 가끔 만나 각자가 만난 좋은 풍경을 나눌 수 있는 사람으로 넓고 깊게 걸으면 된다.

◀

《요가 수행 디피카》에, '땅이 너무 딱딱하다면 어떤 생명이 거기에서 자랄 수 있겠는가? 만일 몸이 너무 뻣뻣하고 마음이 지나치게 경직되었다면 어떤 삶이 가능하겠는가?'라는 문장이 있습니다. 다른 곳을 향해 가다가 문득 그 접근 안에서 새로운 시도를 할 수 있었던 것은 아헹가 선생님의 말씀 덕분입니다.

나밖에 되지 못하는
나와 손을 잡고

비라바드라아사나 2

어떤 사람이 되고 싶다는 생각을 따라가다 보면 어느 날에는 해야 할 일들이 더 선명하게 보이고 더 씩씩해진다. 그리고 또 어느 날에는 아직 그런 사람이 아닌 내 모습, 그러니까 나밖에 될 수 없는 내가 한없이 부족해 보여서 걸었던 길을 되돌아 걸으며 더운 숨을 뱉는다. 하나의 생각에서 하나의 가지만 뻗어나간다면 그 생각은 옳거나 그른 것으로 금방 결정할 수 있을 텐데 여러 가지로 나아가다 보니 아주 옳기만 한 일도 아주 그르기만 한 일도 세상에는 많지 않겠구나 하게 된다. 그러니까 완전하게 맞다, 맞지 않다, 라는 말로 묶기엔 삶은 꽤 복잡하다. 당위적인 것들을 제쳐두고 나면 일어나는 마음의 옳고 그름 같은 것은 중요한 게 아니다. 지금을 충분히 만난다면 어떤 방향으로 어떻게 깊어져도 모두 괜찮다는 것이 요즘의 마음.

비라바드라아사나 2 동작을 할 때에는 팔을 먼 곳으로 뻗어내며 힘을 펼친다. 그러면 나는 꽤 강하다는 생각이 든다. 그러나 뻗어낸 힘을 다시 내부로 끌어와 겨드랑이 안쪽에 힘을 채우는 것까지 연습하며 삼 분 이상 오래 머무르다 보면 나는 여전히 강하지만은 않다는 것을 알게 된다. 아직 한참 부족하네, 라고 생각하지만 나의 부족함을 알게 된 나는, 그것을 모르는 나보다는 조금 더 견고해진다.

너무 가까워서 보이지 않는 어떤 것은 멀리 떨어져야 볼 수 있다. 그러니 갈 수 있는 최대한 먼 곳까지 가보자. 이렇

게 생각하고 떠났던 여행에서 또 하나 알게 된 것은 너무 멀리에 있어서 희미해진 것은 다시 다가가 보아야만 볼 수 있다는 사실이었다. 말놀이 같지만 정말 그렇다. 우리들은 삶을 더 잘 만나기 위해 가까워졌다 멀어졌다를 반복한다. 대수롭지 않아 보이는 삶과 관계의 그러한 패턴이 우리가 더 깊어지도록 도와준다. 펼쳐졌다가 다시 돌아왔다가 다시 먼 곳으로 간다. 그렇게 계절처럼 지나가고 흘러간다.

과거를 생각하며 갖는 충분하다는 마음도 미래를 생각하며 생기는 기분 좋은 긴장도 현재에 대한 온전한 인식에서 생겨난다. 그러니까 나는 다른 누군가가 되어야 하는 것이 아니라 그냥 나이면 된다. 나밖에 안 되는 나에게 실망하지 않고, 내가 나라는 것에 고마워하면 된다. 멀리까지 갔다가 돌아올 장소는 내가 더 나인 곳, 내 몸과 내 마음이라는 것을 기억한다. 매 순간의 출발점은 다른 누구일 수 없고, 당연한 말이지만 '지금, 여기, 나 자신'이다.

자세에서 멀어져 있는 두 발은 힘을 밖으로 뻗어낼 수도 있고 뻗어내듯 바닥을 밀었던 발의 힘을 안으로 당겨 허벅지 안쪽, 골반을 안아주는 근육으로까지 연결할 수도 있다. 연결하여 견고함을 만들어줄 사람은 바로 그 순간의 나 자신.

나는 이 순간 더 견고한 내가 되어 나를 맞이한다. 무엇이 되어야 한다는 생각에서 걸어나와 지금의 내가, 그 순간할 수 있는 일들을 열심히 하는 나를 만난다. 여기에서 더 나답게 출발한다.

내 안에 세계가 있다

다누라아사나

여백이 없는 단정적인 말은 때로 나를 흔들며 물음표를 쏟아낸다. 다정한 의도의 좋은 말일 때에도 그럴 때가 있다. 너무 훌륭하기만 하다는 말도 가만히 듣다 보면 '나도 못난 모습일 때가 있는데.' 하고 생각하게 되고, 뾰족하게 날이 선 말을 들으면 '내가 항상 그런 것은 아닌데.' 하고 생각하게 된다. 이건 변명일까? 위로받고 싶은 마음도 이해받고 싶은 마음도 사랑받고 싶은 마음도 아니다. 도망치고 싶거나 누군가를 다치게 하고 싶은 것도 아니다. 그냥 그 모든 것의 총합이 나인데, 나의 부분적인 모습을 가리키며 "너는 그런 사람."이라는 말을 들으면 "맞아요. 저는 그런 모습이 있어요. 그런데 제가 그런 사람인 것은 아니에요."라고 이야기하고 싶어진다. 변명인지 아닌지는 어쩌면 나 자신만 알고 있지 않을까?

한 사람은 하나의 거대한 세계다. 그 사람의 내부에는 커다란 스펙트럼이 있다. 다양한 스펙트럼을 가진 그가, 때로 나에게는 한 가지 색으로 보일 때도 있지만 그 사람이 그 색인 것은 아니다. 그에게는 붉은색도, 푸른색도, 암흑 같은 색도, 하얀색도 있는데 마침 나를 만났을 때 그가 붉은빛이었다고 해서 뒤늦게 그에게 "내가 아는 너는 분명 붉은색이었는데 왜 지금 검정이야?" 하고 물을 수는 없는 노릇인 것이다.

그런데 가끔은 나조차도 나에게 그런 말을 하게 된다.

'이건 잘하는 거 아니었어?', '왜 그렇게 못난 생각을 하니?' 나도 모르게 나에게 이런 말을 한 날에는 시무룩해진다. 바싹 마른 운동장에서 커다란 물주전자에 담긴 물을 졸졸졸 흘려 선을 긋던 어느 여름처럼 내가 마음에 두꺼운 선 하나를 긋는다. 그 선의 안에 있는 것만 나라고 생각하면서 나조차 나에게, 여지를 주지 않는다. 그러나 시간이 지나면 운동장에 새겨진 듯 선명했던 선들은 어느새 희미해진다. 점점 옅어지다가 사라지고 만다. 내 마음에 새겨진 선들도 그렇다. 강한 것도 나이고, 약한 것도 나이고, 가끔 멋있는 행동을 하는 것도 나이고, 때로 숨고 싶을 만큼 못난 마음을 끌어안는 것도 나이다.

그런 날이 있어도 괜찮아, 나에게 이야기해준다.

많은 요가 동작들이 하나같이 재미있는 것은 강함만으로 할 수 있는 동작이 없는 것처럼 느껴지기 때문이다. 여러 가지 방식으로 몸을 움직이는 일은 강함과 유연함, 단단함과 부드러움을 함께 지녀야만 비로소 가능해진다. 다누

라사나를 하다 보면 단단함과 부드러움의 상관관계에 대해 생각하게 된다. 지면과 가장 가까운 면인 복부가 단단하게 힘을 내어야, 부드러워야 하는 곳 즉 흉부와 어깨가 유연해질 수 있고, 그제야 다누라아사나의 느낌을 찾아갈 수 있다. 작은 내 몸 안에는 단단해야 안전한 곳과 부드러워야 숨이 퍼질 수 있는 곳이 함께 있다. 몸은 계속 변화하기에 나이가 들면서 아픈 곳이 생길 수도 있고, 새로운 방식으로 움직이면 몸이 낯설게 느껴질 수도 있으며, 반복하다 보면 몸이 가볍게 느껴질 수도 있다. 또한 몸의 회복력처럼 마음에도 회복력이 필요하다.

'나'라는 세계를 본다. 잘 웃는 것도 나이고, 힘이 들 때 울어버리는 것도 나이고, 나에게 좋은 이야기를 건네는 것도 나이고, 나에게 흉터가 남는 말을 하는 것도 나이다. 그럴 수도 있다. 그런 날도 있다. 내 안에 여러 가지 모습을 가진 내가 있다는 것을 알고 한 가지 모습의 나만 진짜 나라고 생각하지 않을 수 있다면 감정에 휘둘리는 시간이 줄어든다. 마음 회복력이 생기는 것이다.

내 안에 세계가 있다.

당신도 그렇다. 우리 모두가 그렇다.

수다쟁이 몸과
보내는 시간

파리브리타 트리코나아사나

학창 시절, 하루 종일 친구와 함께 있어도 대화는 쉽사리 끝나지 않았다. 집으로 돌아와서도 한참을 전화로 이야기 하다가 끊을 때가 되어서는 말한다. "내일 만나서 자세히 이야기해줄게!" 수다쟁이였던 우리들. 그렇게 내내 붙어 있었는데 또 무슨 할 말이 그렇게 많았을까. 아니 어쩌면 내내 함께 있었기 때문에 할 말이 그렇게까지 많아졌던 것 아닐까. 분명한 것은 그런 시간을 보내면서 우리들은 서로를 조금은 더 이해하게 되었다는 것이다. 더 응원할 수 있게 되었고 더 기대하게 되었고 그 기대 탓에 때로 실망해도 다시 한 번 마음에 다리를 놓고 오고 갈 수 있게 되었다. 견고하게 쌓아올렸던 관계들은 시간이 흘러 이제는 자주 왕래가 없어도 그대로 거기에 있다. 튼튼한 다리 덕분에 언제든 서로에게 건너갈 수 있다.

　누군가와 시간을 공유하며 축적되는 이야기도 물론 소중하지만 혼자 보내는 시간도 나에게는 아주 중요하다. 그 이유는 그 시간이 내가, 나와 함께 있는 시간이라고 여기기 때문이다. 온전히 나와 보내는 시간이 필요하다. 나를 외롭게 만들지 않기 위해서, 나를 건강하게 지키기 위해서. 나와 함께 있기 위해 매트 위에서 몸을 이리저리 비틀어보는 일과 책들을 꺼내보며 마음을 비틀어보는 일은 내가 가장 사랑하는 일이다. 그걸 하지 못하면 어느 지점에서인가 균형 감각이 희미해지고 계절이 지나가는 것을 눈치 채지 못한 채 걸음은 더 바빠진다. 언젠가부터 그런 나를 알게 되었고, 그래서 노력하고 있다. 언젠가 읽었던 마스다 미리의 산문집에서 힌트를 얻어 나 역시 다이어리에 나와 함께 있을 날을 표시해두고 그날만큼은 혼자 지낸다. 누군가가 "그날 뭐 해?"라고 물어보면 "음, 그날은 약속이 있어."라고 대답한다. 내가, 나와 한 약속은 아주 중요하니까.

처음에는 잘 들리지 않는다. 그렇기에 일단은 함께 시간을 보내야 한다. 서먹함을 덜어내고 이야기를 들어주다 보면 그제야 나는 나에게 진심을 털어놓는다.

처음에는 나 자신이 서먹해서 자주 울었다. 혼자 아이스크림을 퍼먹다가, 공원을 걷다가, 영화관에서 걸어 나오면서도 울었다. 나에게 보인 첫 내 진심은 눈물이었다. 하고 싶은 말들을 큰 소리로 하고, 점점 몸집을 부풀리는 기대를 버겁게 끌어안은 채 인생을 살았지만 "그래, 이제 너의 이야기를 들려줘. 너는 어떠니? 괜찮니? 아픈 곳은 없니?" 가만히 질문하자 질문을 받은 나는 대답도 못하고 자꾸만 울었다.

대부분의 일에 괜찮은 표정을 짓고, 감정을 무턱대고 삼

키는 사람으로 살았지만, 사실은 괜찮지 않았다. 사랑받고 싶었고, 실컷 사랑해도 상대가 나를 등지지 않았으면 하고 바랐다.

사람에 대해서도, 해오던 공부나 잘해내고 싶었던 일들에 대해서도, 즐겁게 보내고 싶었던 청춘에 대해서도 그러해서 그 마음에 눈물도 감정도 매번 목구멍 뒤로 넘겨왔다는 것을 깨달았다. 무거운 걸음으로 겨우 나를 쫓아오던 마음의 무게를 덜어야 해서 나는 그렇게 한참이나 울었던 것이다. 그렇게 울면서 덜어내고 나니 가장 나를 사랑해줄 사람도, 나에게 등지지 말아야 할 사람도 모두 나였음을 알게되었다. 이제는 오랜 친구처럼 스스로의 이야기를 듣지만, 처음에는 그랬다.

몸을 비트는 동작들은 잠깐 머물 때와 지켜보며 몸의 이야기를 들을 때 아주 다른 동작이 된다. 처음에는 곁을 내주지 않던 호흡이 한참 머무르며 살펴보면 그제야 소리를 들려준다. 서먹하게 스쳐 지날 때와는 다른, 더 결이 곱고 깊은 곳까지 오르내리는 숨을 만나게 된다. 비로소 나에게

말을 건넨다. 어디를 잡아두어야만 하고 어디를 비틀어야 하는지 덕분에 알게 된다. 멈춰서 기다리고, 함께 머무르다 보면 몸도 어린 시절 단짝친구처럼 수다쟁이가 된다. 골반을 견고하고 부드럽게 잡아주면 몸의 옆선을 더 기분 좋게 펼쳐낼 수 있고, 그러면 가슴 쪽에서 자유로운 움직임이 시작된다. 호흡은 내 몸과 나를 연결하는 다리가 된다. 이야기를 전달해주고, 관계를 안전하게 한다. 조금 더 민첩하게 살펴볼 수 있게 하고 조금 더 진심을 알아차릴 수 있게 도와준다.

몸이 하는 이야기가 멀어질 때면 대화가 쉽게 끝나지 않았던 그 시절을 기억한다. 오래 함께하고, 동작 안에서도 서두름 없이 기다린다. 몸을 비틀어보고 마음도 비틀어본다. 그 순간, 몸은 다시 수다쟁이가 된다.

길은,
처음에는 길이 아니었다

프라사리타 파도타나아사나

언제나 그 자리에 있었던 길을 무심하게 걸을 때면 그 길은 당연히 그 자리에 있었고, 앞으로도 거기에 있을 것만 같다는 생각이 든다. 이곳에 길이 생기기 전부터 살아왔던 사람들은, 길이 없던 오래전의 날들을 아직도 기억하고 있을까?

터널을 빠져나오자 그리운 동네가 나타났다. 분당이라는

신도시에서 어린 시절을 내내 보냈다. 아직 도시의 모습을 갖추기 전부터 살기 시작해, 내가 사는 동안 지하철도 개통되고 유명 커피 체인점도 들어오고 도넛 가게도 생기고 영화관도 생겼다. 그러나 스무 살 이후의 삶은 서울에서 보냈기에 아주 오랜만에 그곳을 지나가게 되었다. 산의 뒤편에 있는 한 동네와 내가 오래 살았던 동네를 연결하는 길은 내 기억에 차로도 삼십 분 정도 둥글게 돌아가는 먼 길뿐이었는데, 그곳에서 멀어져 있는 동안 터널이 하나 생겼다. 터널을 지나자 금세 두 동네가 하나의 길로 연결된다. 기억한다. 길이 없던 그때의 동네를. 몸에 남겨진 내부의 기억은 꽤 힘이 세고 꾸준하다. 걷고, 동네의 테니스장에서 테니스를 치고, 자전거를 타기도 하며 쌓은 동네의 기억들. 아주 작던 발로 여러 번 길들을 오가는 동안 동네에는 새로운 길이 생겨나기도 하고, 희미한 길들이 선명해지기도 했다. 그러니까 길을 걸어가는 사람이 생기고 시간이 흘러 걷는 이가 많아지면 어느새 모두의 길이 만들어지는 것이다.

목구멍에 있는 숨의 길목이 열리고, 척추라는 숨의 길이

정돈되어 있을 때면 숨은 부드럽고 깊어진다. 동작에 다가
가는 순서가 달라지거나 평소보다 오래 머무를 때에는 숨
의 길이 좁아지는 듯할 때도 있고 구불구불한 길로 숨이 잘
지나지 못하는 듯할 때도 있다.

　매트 위에서 숨의 길에 대한 생각을 한다. 열려 있나? 길
은 만들어졌나? 청소는 잘 되어 있나? 평소보다 더 긴 호
흡으로 더 많이 반복하며 손 모양을 여러 가지로 바꾸어보
고, 한참 동안 왔다 갔다 하며 파도타나아사나에 머무른다.
숨의 길목을 잘 열어두고 척추를 위와 아래로 움직이는 동
안, 그러니까 여러 가지 옷으로 갈아입으며 반복해서 길을
걷는 동안 길은 조금 더 명료해지고 코로 들어온 숨은 조금
더 먼 곳, 저 발끝까지 전달된다. 첫 움직임을 시작할 때에
는 그리 깊지 못했던 호흡이 동작을 반복하며 시간을 보내
는 동안 조금씩 깊어진다.

　처음부터 깊고 고요하고 싶다는 생각은 늘 하지만 처음
은 확실히 처음 이후와 다르다. 처음이 마음 같지 않다는
이유로 걷는 것을 멈추었다면 걷는 동안 볼 수 있는 무수한

풍경들도 보지 못했을 테고 훤하게 길이 넓어지는 일도 없었을 것이다. 어떤 모습으로 시작하는지 따위는 어쩌면 하나도 중요하지 않다. 시작한 다음 어떻게 걷고 있는지, 어디를 향해 가고 있으며 무엇을 중심에 두고 시간을 보내는지가 중요하다. 그러니까 어떤 길을 만들어가고 있는지를 생각해야 한다.

마음에 꽉 차는 시작에 대한 강박을 버리고 우선 시작부터 해보기로 한 다음 삶에 새로운 풍경이 만들어졌다. 서투르게 마련인 처음이니까 조금 뭉툭한 시작을 해도 괜찮다. 중요한 것은 시작한 다음 아직은 뚜렷하게 보이지 않는 길을 따뜻하고 환한 표정으로 여러 번 오가는 것. 바라고 있는 빛깔의 마음을 계속해서 꺼내드는 일이다. 이제, 목적지로의 길은 조금 더 밝고 선명해졌다.

지금 살고 있는 삶의 길이 만들어지기 전의 나를 기억한다. 그리고 지금도 나를 위해, 내가 걸어갈 길을 계속해서 만들고 있다.

요즘 가장 친하게
지내는 것은 바로 나 자신

타다아사나

그때의 나로 돌아간다면 나를 따뜻하게 안아주고 싶다. 보다 나은 사람이 되고 싶다고 자주 생각하던 날들이었다. 내가 나라는 이유만으로 나에게 미움을 받던 날들이었다. 괜찮은 사람, 멋있는 사람, 아름다운 사람이 되고 싶다는 마음 이면에는 아직 나는 괜찮지도 않고 멋있지도 않으며 아름답지도 않다는 생각이 동전의 양면처럼 붙어 있었다. 나는 나를 소중하게 여기고 싶다고 생각하면서도 소중하게 여겨주지 못했다. 그것은 아주 부당한 일이었는데 당시에는 그것을 알지 못했다.

'사랑하는 재능을 확인한 뒤에야 사랑에 빠지는 사람도 있을까?'

소설가 김연수의 문장이다. 나에 대한 사랑 역시 그렇다. 재능이 필요한 일도 아니고 매뉴얼이 필요한 일도 아니다. 그저 나에게 계속해서 질문을 던지면 된다. 괜찮은지, 아프지는 않은지, 행복한지, 사랑하고 있는지. 슬픈 마음이 올라온다면 그것은 어디에서 출발한 마음인지.

타다아사나로 바르게 서서 눈과 마음으로 가만히 내 발바닥을 들여다본다. 어느 곳에 힘을 싣는지, 어느 곳이 가볍게 느껴지는지, 한쪽으로 힘을 싣느라 무릎이 힘들어 하고 있지는 않은지. 몸은 이어져 있기에 한쪽으로 자꾸 기대면 쉽게 지치고 만다. 내가 가진 다리가 하나가 아닌 둘인

데 하나만 자주 무겁게 누르다 보면 몸은 신호를 보낸다. 그때 잠깐 멈춰서 이야기를 들어주지 않으면 어느 날 더 큰 소리로 몸이 고함치는 것을 듣게 되기도 한다.

발바닥에서 종아리로, 허벅지로, 배로, 가슴으로, 목을 지나 어깨를 타고 손으로, 다시 목을 지나 미간을 타고 정수리로. 힘은 연결되어 있다. 힘이 지나가는 동안 오늘의 내 몸이 하는 이야기를 듣는다.

사랑하는 사람이나 친해지고 싶은 사람에게 하듯 이야기를 들어준다. 오래 바라보고 귀를 기울이다 보면 그 대상과 마음을 열고 친해지게 된다. 그것은 나와의 관계에서도 마찬가지다. 같이 있어주고, 좋은 음식을 주고, 좋은 소리를 들려주고, 좋은 시간을 선물한다. 이야기가 흘러나오면 가만히 기다리며 들어주고, 바다를 보고 싶어 하면 보여주고, 지금 당장 어렵다면 다음을 약속하며 달래보기도 한다.

좋아하는 친구에게 할 법한 행동들을 나에게 한다.

오늘 나는, 나와 가장 친한 친구가 된다.

나는 나의 한계를 모른다

밭다 코나아사나

여기까지, 라는 생각의 어디까지가 정말 내가 가진 한계일까? 곰곰 생각해본다. 지금은 멀어진 어린 날의 꿈들에 대한 생각도 해보고, 지금 내가 갖고 있는 다음 삶에 대한 꿈에 대해서도 생각해본다.

꼬마 때에는 이루고자 하는 것이 아니라 그냥 꿈꾸기만하면 되는 막연한 꿈이 있었고, 학창 시절에는 이뤄질 거라 생각하며 꾸던 꿈이 있었다. 생각해보면 매번 꿈을 꾸고, 노력하고, 또다시 꿈꾸면서 살아왔음이 분명한 진실인데, 그 시절의 꿈에 요가 강사는 없었던 것도 분명한 진실이다. 재미있는 점은 어릴 때에는 꿈도 꾸어보지 못한 일을 하며 인생을 살고 있는 지금, 나의 하루하루가 아주 즐겁다는 것이다.

내가 생각하는 자신의 한계라는 것은 나에 의해서 만들어지기 때문에 돌아보면 언제나 정답이 아니다. 나는 나의 한계를 모른다. 모르고 있다. 그 사실이 요즘 나를 더 행복한 삶으로 이끌고 있다. 딱히 못할 거라는 생각을 했던 것은 아니고, 할 수 있을 거라고 생각도 해보지 못했던 일들을 하나둘 해나가다 보면 이 순간들에도 분명 끝이 있겠지만, 언젠가 끝을 만나도 괜찮을 것 같은 기분이 든다.

골반을 열고 상체를 앞으로 숙이는 받다 코나아사나를 하며 앉아 있었던 오래전 어느 날을 기억한다. 선생님은 엉덩이가 뜨면 더 이상 가지 말고 거기에 있으라고 이야기하

셨는데 그렇게 제한되는 기분이 그때는 그리 좋지 않았다. 다들 멀리까지 갔는데 나만 늦어버린 것 같다는 마음이 들어서 '나도 열심히 해서 얼른 저렇게 하고 싶다!'라고 생각했고, '근데 저기까지 가는 날이 올까?' 하는 말도 마음속에서 올라왔다. 지금 생각해보면 다른 사람들은 다른 사람들이고, 나는 나일 뿐인데 그런 무의미한 비교는 왜 했을까 싶기도 하고, 매번 참 스스로 의심하며 시간을 보냈었구나, 싶기도 하다.

시간이 계속해서 흐른다. 스스로를 의심했던 시간이 계절처럼 지나갔고, 이제는 다른 속도의 마음을 담고 오늘을 보낸다. 지나가는 것들을 바라보고, 내 숨소리를 듣다 보면 찾아올 것들은 때가 되면 나를 찾아온다. '무엇이 한계일까?' 고민하는 대신 가만히 동작 안에서 머무르다 보면 받다코나사나를 할 때 바닥이 코앞에 놓이게 된다. 여전히 첫 호흡에 먼 곳까지 가기는 어렵지만 호흡을 여러 번 반복하며 조금씩 한계를 넓혀가다 보면 어느새 그렇게 된다. 끝인 것 같았지만 끝이 아니었다는 것을 알게 된다.

요가를 시작하고 12년이 지났다. 요가를 만나기 전에는 상상하지 못했던 삶에 나는 도착해 있다. 몸도 마음도 느린 걸음으로 용케 여기까지 왔다. 말도 글도 두려워하던 내가 계속 걸어 어딘가로 가고 있다. 요즘의 나는 '여기가 어디지? 왜 여기에 있는 거지?' 나에게 자꾸만 질문을 하며 고개를 든다. 앞을 본다. 여기를 보고 있다. 오래전의 내가 나에게 말한다.

"지금의 하루하루를 즐겁게 성실한 마음으로 살아가다 보면 또다시, 너는 상상하지 못했지만 아주 멋진 곳에 반드시 도착하게 될 거야."

쓸모를 결정하는 사람

에카파다 코운딘야아사나

손이 하는 일이 정해져 있지 않고, 발이 하는 일이 정해져 있지 않다. 손의 역할과 쓸모를 정하는 것은 손을 가진 사람, 손을 사용하는 사람이고, 우리들이 갖고 있는 많은 물건들도 그렇다고 느껴질 때가 있다. 두꺼운 책은 누군가를 만나 그의 인생을 바꾸기도 하고, 누군가를 만나서는 냄비받침이 되기도 한다.

중학생 때 국어 선생님이 기억에 남아 때때로 생각한다. 선생님이 쓰시던 커다랗게 네모난 모양으로 각이 진 안경도 생각나고, 크고 허스키한 목소리로 아이들을 호명하시던 모습도 생각난다. 재미있는 분이었다. 선생님은 언제나 나무로 만들어진 밥주걱을 들고 다니셨는데, 숙제를 해오지 않은 아이들을 혼내실 때면 밥주걱으로 손바닥을 때리셨다. 다른 어떤 매 못지않게 아파서 다들 모여 주걱이 가진 무서움을 이야기하곤 했다. 그 당시는 요즘과는 다르게 체벌이 어느 정도 당연했던 시절이었고, 누구도 손바닥을 한두 대 맞은 일로는 불만을 이야기하지 못했는데, 어느 여름날 한 아이가 선생님께 모기 소리처럼 작은 목소리로 질문을 했다.

"선생님, 밥주걱은 밥을 풀 때 사용하라고 만들어진 도구인데, 선생님은 왜 그런 주걱을 회초리로 쓰시는 거예요?"

그러자 선생님은 아이를 흘끗 보시더니 대수롭지 않다는

듯 헐렁하게 대답하셨다.

"오이 썰라고 준 칼로 누군가는 누군가를 해치지. 밥
주걱을 밥 푸는데 말고 다른 곳에 사용하는 것은 내
맘이야."

주걱의 쓰임을 결정하는 것은 주걱을 든 사람이구나, 하
는 생각을 했던 것 같다. 무척 컸던 선생님의 목소리는 소
리만큼 힘도 세서 그 후로도 주걱을 볼 때면, 칼을 볼 때면,
어느새 그때의 일이 떠오르곤 했다. 입을 열어 소리를 뱉어
내지 않고도 나는 스스로에게 종종 이야기했다. 쓸모를 정
해보자. 물건의 쓸모, 나의 쓸모.

이처럼 내 몸의 쓰임을 정하는 사람도 내 몸과 가장 가
까운 나다. 손을 뻗어 누군가의 손과 맞잡고 흔들며 마음을
보내는 일과 누군가를 다치게 만드는 일 중에 결국 내가 하
는 일이 내 손의 쓸모를 결정한다.

매트 위에서는 낮은 세상을 만나게 된다. 거리를 걸을 때

면 멀리에 있는 땅을 매트에 서는 순간에는 아주 가까이에서 만나게 되고, 가끔 발로 디디고 보던 세상 대신 손으로 땅을 밀며 세상을 보거나 거꾸로 풍경을 보게 되기도 한다. 손은 가끔 발이 되고, 어느 날에는 팔뚝과 머리가 발이 되어주기도 한다.

에카파다 코운딘야아사나를 할 때 다리를 이리저리 움직여 앞에 올 다리를 바꾸는 일이 아직 쉽지 않다. 넘어졌던 기억을 떠올리며 어떻게든 넘어지지 않을 위치에서 버티고 싶어진다. 땅과 가까이 있으니 넘어져보아야 거기서 거기인데 넘어지는 일은 아무리 해도 넘어지기 직전까지는 넘어지기 싫고 넘어진 다음에는 한숨이 나온다. 오늘 나는 다리를 팔처럼 가볍게 움직여보자 생각한다. 손을 발처럼 견고하게 바닥에 뿌리내려보자 생각한다. 넘어지면 다시 일어날 수 있게 마음에도 힘을 채운다.

그렇게 내 마음의 쓸모를 내가 정한다.

새로운 내가 되지
않아도 괜찮아

부장가아사나

그때의 내가 거기에 있어서 다행이다. 그 시간을 지나보낸 내가 여기에 있어서 다행이다. 어렵게 지나간다고 생각했던 시간들을, 여기에서 고마워할 수 있다는 것이 마음을 부드럽게 한다. 지금 만나는 순간들을 미리 연습한 것만 같은 기분이 들어서 매끈하고 동그란 물체를 만지는 것처럼 마음이 부드러워진다.

상처가 아물지도 못했는데 거듭 더해지던 때가 있었다. 분명히 힘들었을 텐데 힘들다거나 아프다고 이야기하면 더 힘들어지거나 더 아프게 될까 봐 몹시도 두려워 몸을 벌벌 떨며 혼자 울던 날들이었다. 그렇다. 나는 말을, 글을, 매우 좋아하지만 실은 조금 무서워하는 사람이다. 말과 글이 가지고 있는 힘을 믿기 때문일까. 그 시기의 나는 균형을 잃은 나를 마주하는 것이 두려워 도망을 다니면서 그저 괜찮다고 말했다. 그러던 어느 날, 가슴이 너무 아파 음식을 넘기지 못하게 되어서야 한의원을 찾았고, 그곳에서 한의사 선생님이 나에게 말씀하셨다.

"진짜 괜찮다고요? 그거, 거짓말 아닙니까?"

나는 순순히 "그러네요, 거짓말 같네요."라고 답했다.

"사람이 화가 날 때엔 화를 내야 하는데 그걸 안 내서 그렇게 아픈 거예요. 화도 내고, 울기도 하고, 그렇게 일 많이 하는 것도 좀 그만하고, 그래야지 나아요. 이

한약 먹는다고 낫는 게 아니라."

그제야 나는 끄덕였다. 지난 주말에 본 영화 이야기라도 하듯 말씀하셔서 나조차도 타인의 이야기를 듣는 것처럼 수긍할 수 있었던 것인지 모른다. 그때엔 겁이 났던 것 같 다. 위로받고 싶은 마음보다 훨씬 큰 마음이 있었는데, 그 것은 '모두가 나를 밝은 사람으로 기억했으면. 나는 늘 건 강했으면. 내가 누군가를 위로할 수 있었으면. 그렇게 꽤 괜찮은 사람이었으면.' 하는 바람이었다.

나는 나에게, 무언가 다른 존재가 되지 않아도 된다는, 혹 은 더 나은 내가 되지 않아도 괜찮다는 이야기를 해주지 못 했다.

배를 바닥에 대고 엎드려 부장가아사나를 시작하면 자꾸 만 먼저 가버리는 마음이 시선을 몸보다 위나 뒤로 옮기게 만들 때가 있다. 내 가슴은 아직 열리지도 않았는데 너무 먼 곳을 바라보면 숨이 찬다. 시간이 지나고 가슴이 열리면 어느새 나는 조금 더 멀리 바라볼 수 있는 몸이 되어 있다.

억지를 부리며 시선을 옮기지 않고 숨을 쉬면서 기다린다. 나는 내가 아닌 누군가가 되지 않아도 괜찮다. 내 숨소리를 듣고, 내 시선을 알아차리고, 지나온 길을 되돌아보되 너무 오래 고개를 숙이지 않고, 가슴이 향하는 곳으로 시선을 두고는 지금의 나를 바라본다. 바깥으로 향했던 시선은 어느새 나의 내부로 향한다.

'너는 너이기 때문에 나는 너를 사랑해. 그 시간을 잘 지나보낸 너는 앞으로도 잘해낼 것을 다름 아닌 내가 믿어. 그리고 가끔 잘해내지 못해도 내가 너를 응원해.'

나에게, 진심을 다해 이야기를 건넨다.

지금, 이 순간
행복한 나를 만난다

나타라자아사나

아주 많이 사랑했던 사람이 있었다. 첫사랑이었다. 누구에게나 있는 흔한 첫사랑이지만 나에게는 나의 첫사랑뿐이라 그는 압도적인 기억으로 남아 아주 오래 나를 붙들고 있었다. 많은 처음들의 곁에 있었던 사람, 나도 잊어버린 나의 말을 기억하고는 무언가를 준비해주는 다정한 사람, 자신의 리듬을 지혜롭게 지키면서도 나의 리듬에 맞춰 함께 흔들려주는 고마운 사람, 내가 더 멋있는 내가 되고 싶어지도록 하는 사람이었다. 시간이 쌓인 사랑의 감정은 때로 늘 거기에 있을 것처럼 생각되기도 한다. 나 역시 그 사랑에 끝이 없을 줄 알았다. 내가 어떤 표정을 짓고, 어떤 말을 해도 그 사랑에는 변함이 없을 줄 알았다. 세상에 그런 게 어디 있을까. 지금 생각해보면 그런 생각을 했던 내가 신기하지만 그때의 나는 영원을 믿는 작고 어린 아이였다. 감정은 계속해서 변화한다. 감정을 담고 있는 몸도 계속해서 변화한다. 왜 변했는지도 모르고 변한 마음 앞에서 먼저 손을 놓은 것은 나였다. 꽉 잡고 있던 손에서 슬그머니, 내 손에 힘을 빼고 미끄러지듯 손을 놓았다. 내가 놓았지만 언제고 우리는 다시 만날 거라고 생각했다. 왜 그랬을까 싶지만 그때는 그랬다. 왜 다시 만날 수 없는 거냐고, 내가 잘못된 결정을 내린 것 같다고 이야기했을 때, 그가 말했다.

"누군가가 잘못해서 하는 이별도 있지만, 세상에는 잘못을 저지르지 않아도 헤어지게 되는 사람들이 있어. 다른 사람이 너에게 찾아올 거고, 나에게도 그렇겠지?

괜찮아. 넌 아무것도 잘못하지 않았어. 그냥 우리의 시간이 지나간 거야."

스무 살, 스물두 살에 만나 고작 스물셋, 스물다섯이 되었던 우리들. 그는 어떻게 저렇게 멋진 말을 했던 걸까? 지금 와서 생각하면 재미있다. 저렇게 멋있게 나를 달래주었던 그가 나의 첫사랑이어서 나는 아직도 그가 고맙고, 그가 행복하기를 바란다.

그가 떠나가고 나는 줄곧 '그럼에도 불구하고' 행복해지자고 생각했다. 사랑할 수 있는 기회가 있었고, 행복할 수 있는 기회가 있었는데 그 기회를 내가 빼앗고는 나중이 되어 행복하라고 나에게 이야기했던 것이다. 그렇게 유보한 행복은 영영 나를 찾아오지 않을 수도 있다. 미루고 미룰수록 더 그러하다는 것을 어느 순간 깨달았다. 돌아올 줄 알았다고 울어봐도 돌아오지 않는 것들이 세상에는 아주 많다. 결국 내가 할 수 있는 일은 먼 길을 돌며 행복을 기다리는 대신, 지금을 충실히 느끼며 가까운 곳부터 먼 곳까지

열심히 반짝이는 순간들을 발견하며 오래 걷는 일이다. 그렇게 아주 성실하게 매 순간을 살아가는 일이다.

《요가 수트라》에는 사향노루 이야기가 나온다. 사향노루의 몸에서 사향 냄새를 풍기는 곳은 바로 머리 위인데, 사향노루는 그 냄새를 찾아서 여기저기로 뛰어다닌다. 결국자신의 머리 위에서 냄새가 난다는 것은 모른 채 헤매는 것이다. 행복이 꼭 사향노루의 사향 냄새 같다고, 경전에서는이야기한다.

나타라자아사나는 어디를 응시하는지에 따라서 상체의방향과 어깨의 열림이 달라지고, 그로 인해 동작의 깊이가달라진다. 바닥을 바라보는 나는 몸을 기울이는 듯 보여도어깨를 열기에는 어려움이 있다. 우리의 팔은 가제트 팔이아니라서 어깨가 닫힌 채로는 가슴이 열리기도 어렵고 발이 멀어지는 데도 한계가 생긴다. 눈높이의 한 지점을 응시하며 호흡할 때, 상체 전체가 열리면서 어깨가 밖으로 활짝펼쳐지고 몸의 앞면 전체에 공간이 만들어진다. '그럼에도불구하고 행복해지자'라는 말은 어쩌면 바닥을 응시하는 일 같고, '지금 행복하자'라고 말하는 일은 단순하게 앞을 바라보는 일 같다. 비슷해 보이지만 관점에 따라 내 마음도 내 몸도 다른 방향성을 갖게 된다.

내 것이라 생각했던 것은 관계든 물건이든 시간이든, 그것이 무엇이든 언젠가는 내 곁을 떠난다. 그 많은 것들에 자신을 투영하다 보면 무언가가 내 곁을 떠났을 때 나는 무너져버리고 만다. 어쩌면 나에게 있던 무언가가 떠날 수 있음을 아는 것, 무엇도 영원할 수 없음을 기억하는 일은 희망에 가까울 수도 있다. 하지만 내가 '그저 나'임을 기억한다면 진짜 나를 훼손할 수 있는 것은 아무것도 없을 것이다.

오늘 나는, 단순하게 앞을 보며 내가 지금 가진 것, 바로 '내 호흡'을 들여다보며 나타라자아사나를 한다. 그냥 지금, 이 순간 행복한 나를 만난다.

나를 경험한다

바카아사나

누구나 성장하면서 이런저런 경험이 쌓인다. 넘어졌던 기억, 그 자리에서 다시 일어났던 기억, 넘어지고 나니 생각보다 별일이 아니어서 대수롭지 않게 넘긴 기억. 수많은 경험을 안고 살아간다. 그런데 재미있는 것은 넘어졌던 기억이 꼭 어둡지도, 넘어지려다 중심을 잡았던 기억이 꼭 밝지도 않은 것이다. 어떤 넘어짐은 그 후의 두려움을 없애고, 어떤 나아감은 계속 나아가야 한다는 마음을 떠밀어 불안하게 만들기도 하고, 오래 울었던 어떤 기억은 내 안에서 지혜로 빛나기도 한다. 사람마다도 다르겠지만, 그보다 한 사람 안에서도 매번 다른 마음이 올라오는 것을 보면 우리들은 매 순간 달라지는 자신을 만나고 있는 것 같다.

코스타리카 여행 중 친해진 카타리나라는 친구는 서핑과 요가를 즐기는 스웨덴 사람이었다. 1년 중 여섯 달은 리조트에서 일하고 여섯 달은 여행을 한다고 했다. 요가 강사가 되고 싶어 공부를 했고, 과정이 막 끝났다는 이야기도 덧붙이며 수줍게 웃었다. 우리가 만난 것은 10월의 어느 날이었고 10월은 그녀의 이번 휴가가 시작되는 시기였는데, 그녀는 산타 테레사 해변에 오자마자 서핑을 하다가 갈비뼈에 부상을 입었다. 숨도 크게 쉴 수 없고, 서핑은 물론 요가도 하기 어려운 상황. 그런데 그녀는 그 와중에도 바다에 나가 서퍼들을 보고, 해변에서 아침 조깅을 하고, 얕은 물에 들어가고, 내가 요가 수련을 하는 동안 해먹에 누워 그 모습을 지켜보며 요가에 대한 이야기를 나누고, 책을 읽고, 오후가 되면 비건 음식점에 함께 가서 신나게 음식을 먹었다. 괜찮은지 물으면 그게 오히려 괜찮지 않은 부분을 건드릴까 봐 나는 말을 삼키고 카타리나와 시간을 보냈다. 그러다가 어느 날 진심을 담아 그녀에게 물었다.

"괜찮아? 서핑도, 요가도, 벌써 삼 주 째 못해서 속상할 것 같아. 계속 생각했어."
"예슬, 난 경험하고 있어. 아픈 몸을, 그리고 회복할 수 있는 나를. 그러니까 괜찮아."

카타리나는 마음의 바탕이 참 넓구나, 다시 한 번 생각했다. 그리고 넘어진 경험이 지혜가 되는 것은 내가 선택하는 마음에 달려 있구나, 생각했다. 이제 막 요가 강사가 된 카타리나에게 내가 말했다.

"있지, 카타리나. 넌 이제 요가 강사가 되었잖아. 그러니까 이제 너의 수업에 누군가 아픈 사람이 오면 너는 그 누구보다 큰 도움을 줄 수 있을 거야. 나는 어릴 때

배가 자주 아팠고, 골반도 불편했고, 한쪽 어깨도 많이 아팠어. 그리고 과체중이었고. 몸이 많이 아팠던 만큼 마음도 잘 멍이 들었어. 근데 요가 강사를 하며 참 좋았던 것은, 아팠던 그 시간 덕분에 내 말에 힘이 생긴다는 거였어. 나는 당신의 아픔을 완전히 이해하지 못해요. 그러나 똑같은 아픔은 아니어도 나도 그곳이 아팠던 적이 있어요. 그때 내가 했던 방법이 무엇이냐면- 하고 말을 시작할 수 있더라. 너는 정말 훌륭한 선생님이 될 수 있을 거야. 넌 경험을 지혜로 만드는 방법을 잘 알고 있으니까."

위로를 잘 할 줄 몰라서 결국은 저런 말 정도밖에 못했지만 카타리나가 웃었다. 아주 활짝.

바카아사나만 하면 항상 데굴데굴 굴러가던 내가 있었다. 잘해내고 싶은데 자꾸만 앞으로 굴러가서 잠들기 전에 매일매일 연습을 했다. 두려울 때마다, 힘이 약하다고 느낄 때마다 고개를 숙이고 움츠리는 오랜 기질이 나를 공으로 만든다는 것을 알고 있었다. 고개를 들어보자. 시선을 앞에 두고, 나를 믿고 숨을 쉬자. 다독이며 매일매일 해보았다. 어느 날, 바카아사나를 하는데 공이 되지 않는 나를 만나고 나니 나는 할 수 있는 말이 또 하나 늘어난 기분에 마음이 부드러워졌다. 지금 서툴게 하는 동작들도 그런 경험 안에 있겠지 하고 생각할 때면 내 직업이 아주 멋있어 보여서 나도 모르게 미소를 짓게 된다.

더 가야 할까, 멈추는 것이 좋을까, 한숨 쉬었다가 가면 좋을까, 이런저런 결정을 하고 내가 할 수 있는 만큼을 상상할 때 우리들은 어쩔 수 없이 경험에 기반하여 생각의 키를 높인다. 그러나 경험에 기반한다는 것이 때로는 스스로를 제한하게 될 때도 있고, 두려움을 이끌어올 때도 있다. 내가 아는 나는 이런 사람이니까, 하고 생각하지만 내가 아는 나는 그저 내가 경험한 나일 뿐이고, 내가 아직 모르는 내 모습은 언제나 아는 모습 너머에 존재한다. 그러니 매 순간, 딱 그 순간 느껴지는 나를 경험한다.

저의 말이라는 것은, 저의 생각이라는 것은, 결국에는 제가 만났었던 모든 이들의 언어, 제가 읽었거나 들었던 모든 창작자들의 언어라고 생각합니다. 그런 훌륭한 언어들을 저답게 다시 엮어내는 일이 제가 노력하고 소망하는 일이고요. 이 글을 쓰는 내내 학창 시절 좋아했던 서태지와 아이들의 "실패해요, 쓰러지세요, 당신은 일어설 수가 있으니. 다음에야 쓰러져 있던 널 볼 수 있어."가 그때의 그 목소리로 제 귓가에 들렸습니다. (《수시아》라는 제목의 노래입니다.) 그렇게 만났던 언어들이 저의 내부에 가만히 새겨져 지금의 생각들을 하는 거겠죠. 그들에게도, 모두에게도 고맙습니다. 그래서 영감을 준 문장이 이렇게 명료하게 기억나는 날에는 꼭 밝혀두고 싶습니다.

시선을 두는 세계가
마음에 미치는 영향

에카파다 라자카포타아사나 1

그런 사람이 있었다. 잘 넘어지는 사람. 길에서도 마음에서
도 자꾸만 턱을 넘지 못하는 사람. 넘어진 다음에 벌떡 일
어나지 않고 그 자리에 주저앉아서 울어보고 돌아보고 그
러다가 넘어졌다는 사실을 생각하며 한참 후에 웃어보는
사람. 서둘러 털어내지 못하고 그러려는 노력도 그리 하지
않는 사람. 그런 스스로를 미워하다가 나중에서야 그런 자

신을 더 사랑하게 된 사람. 그렇다, 그게 바로 그때의 나라는 사람.

기억하는 당신은 추운 겨울날 걸음을 멈추고 나를 돌아보던 사람. 나를 돌아보다가 걸어와 옷깃을 여미어주고 지퍼를 올려주고 목도리를 고쳐 매주던 사람. 점퍼의 모자를 끌어당겨 씌워주며 환하게 웃던 사람. 그러나 넘어지지도 않고 넘어진 다음에도 벌떡 일어나 가던 길을 마저 갈 수 있는 사람. 서두르려고 노력하지 않아도 금세 털어낼 수 있고 가볍게 다음을 만나는 사람.

그런 두 사람이었으니 두 사람의 세계가 끝난 다음, 관계의 끝을 고한 이가 둘 중 누구였든 하나는 오래 그리워하고 하나는 잠시 그리워할 수밖에 별 도리가 없었다. 이제는 희미해졌지만 꽤 오래 그를 생각했다. 코끝이 빨갛게 되는 계절이 오면 여전한 나를 미워했다. 닫혀버린 문을 너무 오래 바라보고 있다는 생각을 했지만 서둘러 고개를 돌릴 수 없었던 것은 그 마음이 인생에서 단 한 번뿐일 것 같아서였는데, 역시나 그와 같은 사람은 그밖에 없었다. 그런 우리들의 세계는 단지 그곳, 그 시절에만 존재했다. 그러니까 돌아보니 내가 그리워했던 것은 그도 아니고 그때의 그도 아니고 그때 그의 눈 속에 존재하던 나였다. 어떤 한 세계가 종말을 맞이하는 것을 목격한 적이 없어서 해사하게 웃고 천진하던 나였다.

닫히고 있는 세계에서 걸어 나와 열리고 있는 세계를 향해 나아가는 방법을 모른 채 오랜 시간을 보냈다. 그리고 걸어 나오지 않아도 그 자리에서 고개를 돌리면 다른 세계를 볼 수 있다는 것을 알게 되었다. 넘어진 채로 오래 주저앉아 있는 동안 얻은 것이 있다면 나는 변하지 않아도 괜찮다는 것과 같은 장소에서도 바라보는 세계가 달라질 수 있다는 것이었다. 천천히 매듭을 짓고 이후의 세계를 만나는 사람만이 마주할 수 있는 풍경을 놓치지 말자는 다짐도 그때 시작되었다.

요즘의 내게는 막이 내려가고 있는 세계와 이제 막 커튼

이 올라가는 세계가 있다. 저물고 있는 세계를 바라보는 나는 그 세계의 바깥에 존재하는 사람, 그것을 잃어버리는 중인 사람이 된다. 그렇게 종료되는 것에 대해 한참 마음을 굴리다가 요즘은 다가올 것들을 더 오래 바라보고 싶다고 생각한다. 이제 막 시작되는 세계를 길게 응시하는 사람은 그 세계로 진입하는 일에 마음을 두는 사람이다. 고개만 돌렸을 뿐인데 마주하고 있는 세계가 달라지고, 스스로는 아무것도 달라지지 않았지만 속한 세계는 달라지는 아주 신기한 경험을 하게 된다. 닫힌 문을 바라볼 때엔 잃는 것에 대한 두려움이 더 크고, 이제 막 열리는 문을 바라볼 때엔 만나게 될 것에 대한 설렘이 더 커진다. 많이 달라지지 않았지만 아주 다른 마음을 마주한다.

에카파다 라자카포타아사나 1을 하면서 좁아지는 몸의 뒷면에 더 집중하고 있는 날에는 두려움이 커진다. 허리의 커브를 깊게 만들 때 가까워진 근육들에 상처가 나면 어쩌나 하는 생각도 하게 되고, 할 수 없는 것에 대한 마음의 소리도 커진다. 그러나 만개하는 꽃잎처럼 활짝 펼쳐진 몸의

앞면에 더 집중하는 날에는 설렘이 찾아온다. 부드럽게 넓어지는 것에 마음을 두기 시작하면 숨의 결이 고와지고 나는 이제 시작일 뿐이니 더 다가가보고 싶다는 마음의 소리가 커진다.

어떤 세계로 발을 옮기더라도 나는 나일뿐이므로 크게 겁먹을 필요는 없다. 만나는 세계에 따라 달라지는 것이 있을 테지만 그것을 나답게 하면 된다는 생각. 그렇게 순간에 스며드는 것이라고 마음먹고 나니 스르르 닫히는 세계를 보는 마음도 이제 막 열리는 세계를 보는 마음도 그리 무겁지 않다. 내가 그저 나일뿐이어도 나를 둘러싼 세계가 조금 더 동그랗고 부드럽게 나를 안아주는 느낌이다. 서둘러 고개를 돌렸던 그때의 그도, 한참을 바라보다가 아주 천천히 고개를 돌렸던 그때의 나도, 모든 것이 노오란 빛 안에 담겨 매듭이 묶였다. 가볍게 눈을 돌려 새로운 매듭의 꼬리를 당긴다.

안다,
라는 위험한 말

울티타 트리코나아사나

알아보는 사람만 알게 되는 것 아닐까. 모르는 것은 없는 것이 아니라 모르는 것 아닐까. 그러니까 지금 알게 된 것은 없었던 것이 아니라 내가 그동안 미처 발견하지 못했던 것 아닐까.

자주 만나는 풍경에 대해, 줄곧 함께하는 사람에 대해, 인생에서 사라진 적이 없는 어떤 사람이나 관계에 대해서도 그렇고, 한 번도 만나본 적 없어서 제대로 상상하지 못하는 어떤 장소에 대해서도 그렇고, 살아보지 못한 어떤 인생에 대해서도, 지금 살고 있는 인생에 대해서도, 완전히 안다, 라고 말할 수 있는 것이 없다.

안다, 라고 어느 날에는 쉽게 말해버리지만 우리가 정말 알고 있는 것이 얼마나 될까? 나는 내 마음도 가끔 잘 알 수가 없는데 타인의 마음을 혹은 우리 관계가 어디로 흘러가고 있는지 같은 것은 당연히 알 수가 없다. 자주 만나는 사람일수록 나도 모르게 그를 잘 안다고 생각하곤 하지만, 내가 완전히 알 수 있는 존재는 이 세상에 단 하나도 없다. 그 배 속에서 나왔어도 나는 여전히 엄마를 잘 모르겠고, 엄마 역시 자신의 배 속에서 내가 나왔지만 내가 도무지 왜 이런 아이로 지내고 있는지 모를 테니까. 그러니까 우리들은 누구도 무엇도 완전히 아는 것이 없다.

'안다'라는 말에 대해서 처음으로 오래 생각했던 날이 기억난다. 막 온도가 떨어져 팔을 쓸며 옷을 여미던 어느 가을날, 비가 내리기 시작해 어서 집으로 돌아가고 싶다고 생각했던, 중간고사를 마친 어둑어둑한 낮 시간. 그날은 드물게 아르바이트가 없던 금요일 오후였다. 그 무렵 04학번이었던 나는 학교를 들락날락하다가 뒤늦게 마음을 잡아 06학번 동생들과 대부분의 시간을 함께했고, 그래서 입학 후 2년도 더 지났지만 여전히 1학년이었다. 가장 친하게 지냈던 후배이자 제일 좋은 친구 하마가 작은 강의실에서 하는 강연을 같이 듣자고 했다. 하마는 "언니 휴대전화 화면에 있는 그 책, 그 책을 쓰신 분이 오신대요."라고 말했다. 그 길로 강의실에 들어가 노트를 꺼내고 쿵쾅거리는 마음을 쓰다듬으며 기다렸다. 문이 열리자 차가운 공기와 함께 좋아하는 소설가 김연수가 강의실로 들어왔다. 이야기를 하는 내내 많은 말들을 노트했다. 그리고 어떤 문장은 노트한 부분을 보지 않아도 여전히 선명하게 떠오른다.

> "나는 한 사람이 다른 한 사람을 완전히 이해한다는 것에 대해 회의적입니다. 그러나 그렇기 때문에 우리들은 이해하기 위해서 노력해야 합니다."

그는 그래서 쓴다, 라고 말했다. 그때 가장 알고 싶었던 '나'라는 사람을 이해하기 위해서, 잘 알기 위해서 나는 무엇을 하고 있는가 생각했다. 나는 '나'도 모르니까 당연히 '당신'도 모른다고 생각하며 사람들을 만나고, 책을 읽고, 공연을 보고, 음악을 듣고, 그리고 요가를 했다. 나는 내가 가진 몸에 대해 알고 싶었다. 왜 이런 형태를 갖고 있는 것인지, 마음이 아픈 날에는 왜 몸도 아픈 것인지, 몸에 상처가 나면 왜 마음도 비틀거리는지 같은 것들이 내내 궁금했다.

여전히 잘 모르지만 당시보다는 잘 알고 있다. 갖고 있다고 여긴 것을 잠시 놓고 나면 그제야 더 알게 되는 것이 있어서 때론 무언가를 잃는 일도 꽤 괜찮다고 생각할 수 있게 되었다. 매트 위에서 안다, 라는 생각이 올라오면 이제 나는 손을 놓아보거나 발을 떼어보거나 고개를 돌려본다. 안다, 라는 생각에 흠집을 내고 다시 차분하게 살펴보기 위해서. 완전히 아는 것은 역시 세상에 없다고 내게 이야기해주기 위해서.

자주 만나 익숙한 트리코나아사나를 안다는 생각이 들 때면 드위하스타로 몸을 바꿔본다. 바닥이나 발목에 닿아 있던 손을 놓고 앞으로 뻗쳐보면 그제야 느껴지는 힘들. 살짝 놓아보니 깨닫게 되는 나를, 공간을 만들고 나니 살피게 되는 작은 것들을 만난다. 발바닥은 골고루 지면에 닿아 있는지, 그래서 하체 구석구석으로 힘이 채워지고 있는지 문득 살펴보게 된다. 발에서 밀어낸 힘이 허벅지를 타고 올라와 아랫배로 잘 연결되고 있는지 그 힘은 다시 몸의 옆선으로 잘 연결되어 어깨와 목을 부드럽게 사용하도록 돕고 있었는지가 분명해진다. 어느 날에는 제법 그럴 듯하게 아는 사람 같고, 어느 날에는 부족하다. 완전히 같은 날은 없다.

경험한 세계에 기반하여 알고, 아는 만큼 생각한다. 그러니까 안다, 는 말은 어쩌면 무서운 말인 것 같다. 가볍게 안다, 라고 말하지 않는다. 쉽게 그게 전부라고 생각하지 않는다. 이 세계에서 내가 경험한 조각은 아주 작은 일부일 뿐이라는 것을 기억한다.

All is welcome

아르다 찬드라사나

바깥에서 많은 일들이 일어난다. 그 일들은 나와 만나 나의 일이 되어서 나를 행복하게 하기도 하고, 나를 견고하게 하기도 한다. 좋은 일 안에 독이 있기도 하고, 마음을 무너지게 했던 일 안에 나를 키우는 힘이 숨어 있기도 하다. 나라는 집에 찾아온 많은 일들을 만나는 동안, 매번 휘청거리고 싶지는 않다. 좋은 일만을 목을 빼고 기다리고 싶지도 않다.

다른 요가 강사들은 어떻게 수업을 하는지 궁금해서 서울 전 지역의 요가원을 돌며 찾아다니던 시절이 있었다. 어떤 요가원에서는 아주 훌륭한 선생님을 만나고, 어떤 요가원에서는 매우 불친절한 선생님을 만났다. 내가 기대했던 경험이 아닐 때에는 마음이 몹시도 어두워져 '이런 수업을 들으려고 이 먼 곳까지 온 것은 아닌데.'라며 속상해했다. 그래도 선택한 후 온전히 경험하는 것만큼은 꽤 잘하고 있다고 생각했다. 왜냐하면, 수업이 아무리 불친절해도 나는 늘 최선을 다했으니까. 판단하지 말자고, 나는 수련을 하러 온 것이니 나를 위해 이 순간 할 수 있는 최선을 다해야 한다고 생각했다. 그런데 나는 정말, 충분히 경험하고 있었던 걸까? 나에게 되묻는다.

삶은 내가 아무리 최선을 다해도 때로는 최상의 것을 주지 않기도 한다는 것을 그때의 나는 몰랐다. 그래서 내가 열심히 했고, 여기까지 왔으니 어서 최상의 것을 내놓으라며 마음속에서는 어린아이처럼 떼를 썼다. 떼를 써서, 떼를 쓰며 울어대서, 목구멍이 따끔해지는 것은 다른 누구도 아닌 나의 몫이었다. 누구나 최상이라 생각하는 선택을 하고 최선을 다해도 최고의 경험을 하지 못할 수도 있다. 그러나 최고의 경험이 아니어도 그 경험이 나를 만나 빛날 수 있는 방법이 하나 있는데, 그것은 그 경험 안에서 '내가 무언가를 경험하고 있음'을 아는 것이다. 불친절한 선생님을 만나 수련한 경험은 내 안으로 들어와서 어떤 것이 불친절한 것인지를 알게 했다. 나를 흔들리게 하는 삶의 경험들 역시 내 안으로 들어와서 어떤 것이 나를 약하게 하는지를 깨닫게 한다.

아르다 찬드라아사나는 강한 하체 위에서 상체를 부드럽게 열어내는 동작이다. 이 동작은 흔들리다가 균형을 잡았다가 다시 흔들리는 하체를 만나며 흔들리는 방법과 균형 잡는 방법을 알게 한다. 기반이 확고할 때 상체를 얼마만큼 열어낼 수 있는지도 알게 한다. 바닥에 닿아 있는 손을 떼어 하늘로 들어 올려볼 수도 있고, 그 손으로 발을 잡을 수도 있고, 발을 잡고 가슴을 더 열어낼 수도 있다. 더 많이 열어내려고 할 때마다 몸은 조금씩 흔들리지만 흔들림을 경

험하고 나면 그다음으로 나아갈 수 있다는 것을 지금의 나는 알고 있다.

우리들은 좋은 경험을 찾아다니지만 정말 좋은 경험은 무엇일까? 많은 경험들 안에서 마주할 많은 마음들, 그중에서 나에게 이로운 마음을 선택하는 것 역시 내 몫이다. 지금의 나는 무슨 일이든 일어날 수 있음을 알고 있다. 햇살만이 나를 키우는 것은 아님을 안다. 햇살도 바람도, 때로는 비가 내리거나 눈이 와도 나라는 집 안에서 내 마음과 잘 지낼 수 있는 나로 성장하고 있다.

2

모두
각자의 시간을 산다

시간의 무늬

숩타 코나아사나

언니는 선과 선을 엮어 면을, 그 안에 무늬를 만들어내는 사람이다. 언니에게 태피스트리를 배우던 날이었다. 하나의 면, 하나의 무늬가 만들어지기 위해서는 세로의 선과 가로의 선이 차곡차곡 쌓여야만 한다는 것을 알게 되었다. 세로의 선만 계속되거나 가로의 선만 계속되는 일만으로는 실이 풀어져버리게 마련이다. 그렇게 선이 가로와 세로로 거듭 덮여 만들어진 면에는 나무가 하나 생겨나고, 그 나무 옆에 다른 나무가 하나 생겨나고. 어느덧 언니의 작업물 속에서 모두 모여 숲이 되는 모습을 지켜보았다.

숨을 깊게 쉰다. 숨으로 세로의 선을 채우고, 가로의 선으로 멀어진다. 세로의 선으로 뻗어나가고, 가로의 선으로 다가온다.

오래전 나는 세로로 시간을 중첩하여 아주 높아지고 싶었던 사람이었다. 왜 그런 생각을 했던 것일까 이제 와 돌아보면 도무지 그 마음을 알 수가 없지만 그때는 그 생각 덕분에 하루하루 앞으로 걸어갈 수 있었다. 그러나 세로의 시간 안에서 마음은 언제나 불안했다. 단단하게 뭉쳐질 수 없었다. 위로만 훌쩍 솟아버린 세로의 마음은 언제든 무릎에 힘이 빠지는 순간이 오면 모두 해체되어버릴 것임을 알고 있어서였는지도 모른다. 그리고 어느 봄날, 세로의 시간이 부서졌다. 그래서 조각조각이 되어버린 세로의 시간을 끌어안고 가로의 방향으로 멀리 가보는 것은 어떨까 하

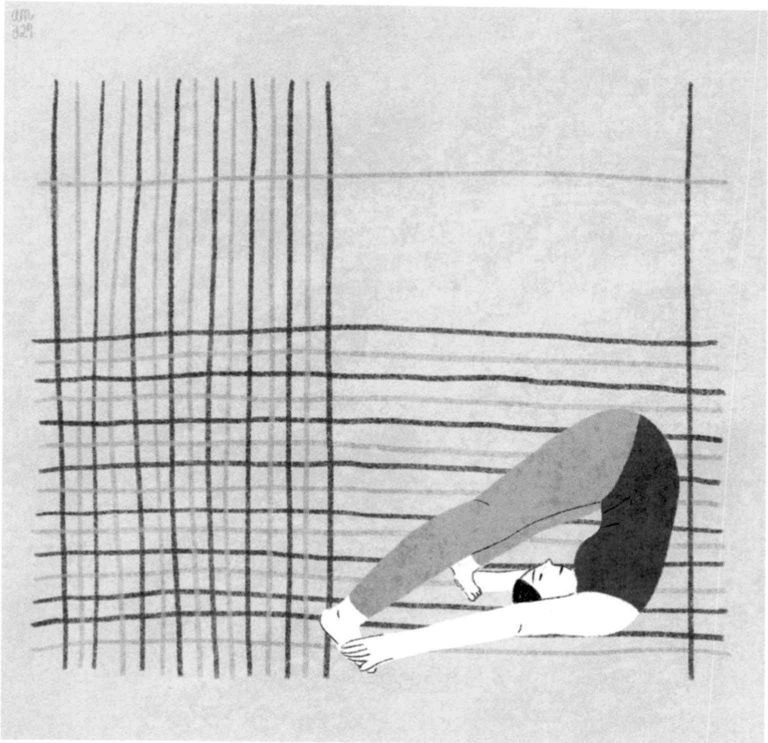

는 생각을 했다. 모든 것을 멈추고 갈 수 있는 최대한 먼 곳까지 걸어가보겠다는 생각을 했고, 그것은 삶의 쉼표이거나 한 단락을 마치고 찍은 마침표일 것이라고 여기며 무작정 떠났다. 긴 여행이 끝나갈 무렵 알게 되었다. 멈췄던 것도 아니고, 마침표를 찍었던 것도 아님을. 세로의 시간 위에 가로의 시간이 덧입혀졌고, 그렇게 만든 무늬들을 두 손에 안아보니 일상의 멈춤이라고 여겼던 여행은 문장 하나를 새롭게 써내려갔을 뿐이었다.

삶의 속도가 느려지고 더 이상 세로로도 높아지지 못하고 가로로도 나아가지 못하는 것만 같은 날에는 멈춰버린 것인가 생각하게 된다. 멈춰버린 것만 같은 그 순간, 딱 그 순간에만 발견할 수 있는 내면의 기록이 있다. 숨이 드나들며 만드는 가로와 세로의 무늬와 마음이 오락가락하며 남긴 세로와 가로의 흔적을 만난다.

숨을 다시 한 번 깊게 쉰다. 세로로 새겨지는 호흡과, 가로로 날아가는 호흡을 마주한다. 세로로 쌓아올리는 호흡과, 가로로 펼쳐지는 호흡을 어루만진다. 카르나피다아사나에서 숨을 살펴보다가 가장 적절하다 여겨지는 호흡에 다리를 먼 곳으로 뻗어본다. 자연스럽게 숩타 코나아사나로 연결된다. 코로 들어온 숨은 세로로 몸을 세우고, 가로로 몸을 펼칠 수 있게 도와주는데 그러는 동안 시간에 부드러운 무늬가 새겨진다. 이렇게 동작 안에서 머무르는 모습을 누군가 슬쩍 바라본다면 아마 멈춰 있다고 생각할지도 모른다. 고요하게 머무르는 동안 내면에서 일어나는 세로의 시간과 가로의 시간의 반복을 눈치 챌 수 있는 것은 숨을 관찰하고 있는 나, 나를 그만큼 더 잘 알게 되어 아름답고 선선한 무늬를 새기고 있는 나뿐이다.

살아 있으니까, 멈춘 것처럼 보이는 그 순간에도 우리들은 계속 어딘가로 흘러가고 있다. 온기가 있다. 아름다운 무늬를 만들기 위해서는 세로의 시간과 가로의 시간이 모두 필요하고 세로의 마음과 가로의 마음 역시 모두 필요하다. 세로로 혹은 가로로 멀어졌다가 가까워지며 무늬를 만들고 있다.

낮의 마음과
밤의 마음

우스트라아사나

여름밤에는 밤 산책을 나간다. 해가 진 다음 서늘하게 식은 길을 걷다 보면 밤에 걸어야 만나는 풍경을 볼 수 있다. "여기에 이런 가게가 있었나? 여기서는 달이 참 예쁘게 보이네!" 하고 중얼거리게 된다. 그러니까 밤에 걸어야만 만나는 풍경이라는 것이 있다.

해의 뒤꽁무니를 쫓아 해안 도로를 달렸다. 워낙에 해 지는 모습 보는 것을 좋아하는데 제주의 동에서 서로 움직이려니 차는 느리게 가고 마음만 바빠진다. 어딘가에 도착하려는 욕심을 길에 두고 도심에서 해안 도로 쪽으로 들어가 잠시 차를 멈추고 바다를 본다.

달리는 자동차의 조수석에 앉아 커다란 해가 엄지손톱만 해지고 점점 작아지다가 바다 속으로 사라지는 것을 보던 나는, 이제 하늘이 온통 바알갛게 물드는 모습을 단단한 땅에 발을 디디고 친구와 함께 본다. 물고기잡이 배들이 수평선에서 바다를 향해 빛을 쏘자 빛은 바다로도 가고 어두워지니 하늘로도 번진다. 그들의 주변이 아래로도 위로도 밝아지는 것을 오래 서서 바라본다.

우스트라아사나를 할 때면 몸의 앞면과 뒷면의 균형에 대하여 생각하게 된다. 그리고 내가 앞이라고 생각한 면과 뒤라고 생각한 면은 정말 앞이고 뒤일까 갸우뚱하게 된다. 하체의 뿌리에서부터 힘을 잘 들어 올려주고 등 쪽에서도 힘을 잘 채워주면서 허벅지의 앞면과 복부, 가슴을 기분 좋

게 연다. 어느 날에는 허벅지와 복부 앞면이 선뜻 열리지 않아 숨이 답답하고, 어느 날에는 등에서 힘을 받쳐주지 못해 허리가 부드럽지 않은 기분이 들고, 어느 날에는 모두가 힘을 내주어 등도 가슴도 복부도 허벅지도 부드럽게 단단한 느낌이 든다. 마음처럼 되지 못한 날에는 마음이 온통 캄캄해지고, 마음먹은 대로 잘되는 날에는 마음에 빛이 차오르기도 하는데, 모두 해가 빛나거나 달이 빛나는 것처럼 몸이 자연스럽게 시간을 걷는 것뿐이다.

마음에 빛이 드는 날에만 스스로를 쓰다듬어주던 내가 있었다. 낮의 마음에만 박수를 치던 내가 있었다. 밤의 마음에게는 어둡다고, 왜 그리 어두운 것이냐 타박하던 내가 있었다. 그조차 균형이라는 것을 그때는 몰랐다.

해가 바다 속으로 들어간다고 서운해하다가 고개를 들어 왼쪽을 보니 달이 밝아졌다. 해의 시간이 지나가고 달이 시간이 되었을 뿐, 내일이 되면 다시 해의 시간이 찾아올 것이다. 달이 서운해하지 않게, 달을 보면서도 반가워한다.

해가 지고 보이는 것은 해가 져야만 보인다. 그리고 어둠이 깊어지면 그제야 달이 밝아진다.

다양한 넘어짐 수집가

에카하스타 부자아사나

인생이 새로운 길에 접어든 것은 어느 골목으로 들어가던 순간이나 어느 모퉁이를 돌아서던 순간이었을 수 있다. 대부분의 경우 거기에서 멈췄다면 다른 새로운 삶의 모습들이 펼쳐지지는 않았을 것이다. 그러니까 그 길을 따라 걸으며 바람이 뒤에서 등을 밀어주면 그대로 앞으로 나아가고, 반대로 앞에서 바람이 세게 불어온다면 조금 느리게 걸음을 옮기면서 새로운 길 하나를 만들었던 것이다. 방점을 찍는 일보다 다음 방점으로 옮겨가는 동안 보내는 시간. 내내 신중하게 살펴보면서 걸음을 옮기는 동안 인생의 새로운 풍경 하나를 자연스럽게 맞이한다.

에카하스타 부자아사나를 연습하면서 엉덩이에 본드가 붙은 것 같다고 말하며 웃던 내가 있었다. 요즘은 거기에서 나아가 연결된 동작들을 부드럽게 연속하고 싶다고 생각한다. 발을 슬며시 당겨 와서 아스타바크라아사나를 하고 다시 슬그머니 발을 옮겨서 에카파다 코운딘야아사나로 갔다가 덜컹거리지 않게 바카사나도 하고는 아무 일 없었다는 듯 고요하게 돌아오고 싶다. 몸이 고요해지면 마음도 고요해지는 거라고 배웠으니 고요하고 싶은데, 나는 여전히 덜컹거린다. 사뿐한 움직임들을 우아, 하며 바라본다.

나는 오늘도 해내지 못했다.
오늘은 어제와는 다르게, 새롭게 잘해내지 못했다.
그러니까 나는 오늘 새로운 실패 하나를 더 수집했다.

나는 매트 위에서 잘해내지 못할 것을 알면서 시도한다. 다양하게 실패하고, 다양하게 못난 표정을 짓고, 그런 나와 뒹굴면서 삶을 연습한다. 나는 충분히 넘어질 수 있는 사람, 넘어진 다음에 벌떡 일어나서 그다음 시간을 만날 수 있는 용기 있는 사람이 되어가고 있다. 그러니까 내가 했던 실패 하나가 나의 전부는 아니라는 것을 아는 사람으로 성장하고 있다. 나는 아주 많은 넘어짐의 기억들을 가지고 있는데, 그 하나를 내 전부라고 생각하다니, 그건 참 당치도 않은 일이라고 웃으며 이야기할 수 있다.

별일 없이 스쳐 지난 시간들은 담담하게 지나보내며 기억의 자리를 넓히지 않으면서도, 크게 마음이 휘청거렸던 순간은 오래 남겨두고 비슷한 일이 찾아올 때마다 기억을 꺼내들며 벌벌 떨었다. 나는 스스로에게 넘어져도 괜찮다고, 더 많이 넘어져도 괜찮다고 말해주지 못했음을 이제는 안다. 잘했거나 좋았던 날들은 왜인지 당연하고, 잘하지 못했거나 울었던 날들은 당연하지 않다니, 그건 너무 이상하다고 이제는 생각한다. 그래서 지금의 나는 매트 위에서,

삶에서처럼 어렵지 않은 동작을 잘하는 나도 실컷 만나고, 어려운 동작을 아직 잘 못하는 나와도 한껏 만난다. 그것도, 이것도, 무엇도, 내 전부가 아니라고, 나는 그 모든 순간의 총합이니까 만나는 시간 전부를 팔을 커다랗게 벌리고 안는다.

매트 위에서 새롭게 넘어지는 일들은 골목을 기웃거리는 것과 같다. '이 골목으로 들어가야 할까?', '다음 골목으로 들어가야 할까?', '지금 모퉁이를 돌면 되는 것일까?' 이렇게 몸과 대화를 나누는 시간이다. 그러다가 어느 지점에선가 이 길로 계속 가면 될 것 같다고 여겨지면 선선히 마음을 세우고 함께 걸어간다. 가다가 옆에서 누군가가, 아마 대부분은 선생님이, 거기 말고 이쪽으로, 이야기를 한다면 그 길로도 또 걸어가보는 것이다.

그렇게 만나는 풍경들을 놓치지 않고 전부 만나면서.
점과 점 사이를 분명하게 선으로 채우면서.

과정을 계획하기
파리얀카아사나

한 해를 시작하는 날에는 서점에 들렀다가 카페에 가서 한 해 동안 무얼 해내면 좋을지에 대해 생각하곤 했다. 가을부터 사둔 다이어리를 들고 나가서 빈 종이에 까만 글씨로 또박또박 글씨를 썼다. 적어도 10년은 그것을 반복했다. 작년에는 긴 여행 사이에 새해를 페루에서 맞았으니 2년 전까지 내내 그랬다.

올해 첫날에는 갑자기 채비를 하고 숲에 갔다. 눈이 많이 쌓인 자작나무 숲속에서 하늘을 오래 바라보며 걸었고, 집으로 돌아와 읽던 책을 다시 손에 들고 읽었다. 어떻게 살면 좋을까 하는 생각이 들자 잠시 고개를 들고, 순간순간 좋은 것들을 만나며 흘러가고 싶다는 생각과 눈을 맞추었다.

꼭 해야 할 것만 같았던 것들을 하지 않아도 인생이 크게 흔들리지 않는다는 것을 가르쳐준 것은 긴 여행이었다. 이루어야만 한다고 여겼던 것들, 소망하고 노력해야 하고, 열심히 달려야만 인생이 점차 나아진다고 생각했던 시간들이 있었다. 나는 노력하는 일, 꾸준하게 마음 쓰는 일만큼은 꽤 잘하는 의리파인데, 성장에 대한 생각에 변화가 찾아오기까지 그래서 꽤 오랜 시간이 필요했다. 성장하지 않는 날이 있어도 괜찮아, 라는 말을 나에게 할 수 있기까지 오랜 시간이 필요했다. 올해의 나는 매일을 새롭게 만나고 낯설게 바라보기로 했다.

커다란 목표 같은 것은 세우지 않았다. 대신 전과는 다르게 목표를 대했다. 아주 어려워서 지키려면 무척 애를 써야만 하는 목표는 다른 노트에 살짝 적어두고 자주 사용하는 다이어리에는 매일, 매주 하려는 일들, 작은 것들을 적었다. 한 달 동안 생각해보면 좋을 문장을 적기도 했다. 9월이 된 지금까지 계속 그렇게 지내고 있다. 춤을 추는 날, 요가 수련을 하는 날, 내가 나와 함께 있어주는 날을 적고 나와 한 그런 작은 약속들을 지키며 올해를 살고 있다. 그러다가 알게 된 것은 과거 나의 신년 계획 대부분이 어떤 큰 목표를 달성하는 것이었다는 사실이었다. 5월까지 체중 감량 성공하기나 9월까지 어떤 요가 아사나 해내기 같은 것들. 모두 어떤 일들의 결과인 일들을 나는 계획했었다. 그러나 결과는 계획할 수 없다. 우리들이 할 수 있는 것은 과정을 계획하는 일이다.

그것도 모른 채 결과를 계획하고는 그것을 위한 과정에 대해서는 '그냥 노력해야지.' 정도로만 생각하며 시간을 보냈던 것이다. 지금의 다이어리에는 수많은 과정에 대한 계획들이 채워지고 있다. 이렇게 과정을 계획하고 실천해나가다가 선물처럼 어떤 결과가 나를 찾아와도 좋고, 그렇지 않아도 과정을 빼곡하게 만난 나는 나의 커다란 스펙트럼

에 색 하나를 채웠으니 이대로 괜찮다고 생각한다.

어렵게 여겨지는 아사나들의 공통점을 생각해보고 필요한 연습을 하는 시간을 늘려야겠다는 마음이 올라왔다. 예전 같았으면 굉장히 도전이 되는 아사나 하나를 정하고, 자주 넘어지면서 시간을 보냈을 것이다. 그런 행동은 그런 행동대로의 의미가 있다. 그런데 요즘의 나는 '할 수 있는 동작들 중에 더 깊어져야 하는 동작이 뭐가 있을까?' 스스로에게 질문해보고는 8월 내내 파리얀카아사나를 하고 있다.

오래 머무르며 몸을 살펴보고 충분하게 동작을 경험하는 시간. 등을 밀어 올려 열리는 흉부를 느끼고, 겨드랑이 안쪽이 부드러워지자 편안해지는 어깨 관절을 경험했다. 목의 앞선이 긴장을 풀자 목의 뒤편에서도 긴장을 놓아 머리 뒤편부터 정수리까지 전부 시원해지는 기분도 만났다. 덕분에 8월의 세 번째 주, 수련을 하다가 '아, 돌아왔구나. 내가 정말 좋아했던 이 숨의 느낌이 다시 나에게 왔구나.' 하며 미소 지었다. 삼백 일 간의 여행 후 나는 팔 킬로그램이나 몸무게가 늘었다. 어려운 줄도 모르고 하던 동작들이 전부 다 어려웠고, 아사나를 할 때면 자꾸 숨이 가빠졌다. 과거에 과체중이었던 사람은 몸이 예전처럼 다시 과체중이 되면 마음도 같이 무거워진다. 어쩌면 몸보다 마음이 더 무거워진다. 그런데 그 마음도 다르게 대해보았다. 할 수 있는 일을 하며 기다렸고, 재촉하지 않았다. 그랬더니 몸은 나의 속도대로 서두름 없이 느긋하게 변화하고 있으며, 할 수 있는 동작에서 더 긴 시간 머무르며 매일 하는 것만으로도 숨쉬기가 편안해진다는 것을 알게 되었다.

울어도 해결되지 않을 일에는 울지 말자고 생각했지만, 요즘은 해결될 리 없어도 울고 싶은 날에는 우는 것도 괜찮다고 생각한다.

당연한 것은
아무것도 없다

올티타 하스타 파당구쉬타아사나

가장 아래에 있는 것을 고개를 숙여 바라본다. 기반은 가장 밑바닥에 있는 것이다. 발바닥이 지구에 닿아 있다. 거기서부터 받아들인 힘이 내 안으로 스며들어 몸을 세우고, 더 먼 곳을 바라볼 수 있도록 한다.

한 번도 잃어본 적이 없는 다정한 것들과 잃어본 탓에 시

간이 부서져 가루가 되어버린 것들이 가장 아래쪽에 켜켜이 쌓여 있다. 한국이라는 나라에서 태어난 나를 바라본다. 나는 봄을 알고 여름과 가을, 겨울을 경험했다. 아침에 해가 뜨고, 저녁이 되면 노을을 만날 수 있는 곳에 살고 있다. 숨을 쉴 수 있고, 바다를 보러 가고 싶을 때엔 육로로 이동하여 한나절이 채 지나지 않아도 바다의 푸른빛을 눈앞에 둘 수 있다. 이 모든 것들이 아주 당연해 보이지만 실은 당연한 것은 아무것도 없다. 그것을 알고, 그것을 기억하는 일이 내 삶에서 아주 단단한 기반이 된다. 나를 떠나간 적이 없는 소중한 관계와 풍경들이 모두 당연하지 않게 존재한다. 오래 걸으며 알게 된 것은 계절도, 해가 뜨고 해가 지는 일도 아주 대단한 일이라는 사실이다.

발이 두 개라는 사실도 당연하지 않다. 두 다리 중 하나를 들어올리고 골반을 열면 때로 시선을 옮기기가 두려워진다. 늘 그 자리에 있었던 발바닥을 낯설게 느끼고, 거기에서 올라오는 힘을 고맙게 바라보고, 숨을 한 번 깊게 쉰다. 그제야 시선을 옮겨 발을 뻗은 쪽과는 다른 방향 멀리까지 응시할 수 있게 된다.

태어나서 한 번도 잃어버리지 않았던 많은 것을 생각한다. 나는 숨을 잃어본 적이 없고, 어머니와 아버지와 언니를 잃어본 적이 없다. 아침에 눈을 뜨면 언제나 해가 먼저 도착해 세상이 환하고, 겨울이 되면 춥지만 끝나지 않을 것 같은 겨울도 언젠가는 끝난다는 것을 경험으로 알고 있다. 열 살부터 알고 지낸 친구들도 여전히 곁에 있어서 때때로 만나 대수롭지 않은 일들을 말하며 웃는다. 태어나 시작한 삶이 지금 이곳에 이르렀다. 발을 디딘 여기에서 저기로, 걸음을 옮긴다. 기억하며 앞으로 나아간다. 고개를 들어 더 먼 곳을 바라보며 걷는다.

주변을 잘 둘러보면서
사부작

마리챠아사나

두려워질 때가 있다. 목적지라고 생각한 곳에 아슬아슬하게 도착해서 고개를 돌렸을 때 소중했던 사람들이 다 떠나간 후일까 봐. 겨우 도착은 했지만 텅 빈 채로 도착지에 서 있을까 봐. 나는 여전히 그런 것들이 문득문득 두렵다. 이십 대 내내 걱정이 많은 사람이었다. 도착하지 못할까 봐 걱정하고, 도착했는데 주변을 둘러보니 혼자일까 봐 걱정하고,

어서 도착하려는 성급한 마음에 나에게도 타인에게도 상처를 입히며 그 길을 걸었다는 것을 나중에 깨닫게 될까 봐 두려웠다. 그래서 더디게 걸었다. 느린 걸음으로 수도 없이 두리번거리며 한 걸음 한 걸음 내디뎠다. 그런 나를 부족하다 생각하며 속상했던 적도 있지만 드디어 나는 그런 나의 기질 안에서도 좋은 점을 찾을 수 있게 되었다.

그래, 그렇게 천천히 걸어보는 거다. 목적지에만 시선을 온통 빼앗기지 않고 주변도 잘 둘러보면서 사부작사부작.

예전에 어깨를 다친 적이 있고, 요가를 시작한 시기에는 아주 많이 안으로 말린 어깨를 가지고 있었다. 그래서인지 여전히 어깨를 활짝 열어두어야 하는 동작이나 회전해야 하는 동작들이 어렵다.

마리챠아사나를 만날 때마다 늘 버거웠다. 어깨 관절을 부드럽게 만들기만 하면 나아질 것이라 생각했는데 이런저런 움직임으로 부드럽게 만들어두어도 동작은 매번 나를 숨차게 했다. 요가 아사나는 너무도 정직하고 단호하다. 힘을 채워야 하는 곳에 힘을 잘 채우고, 비워야 하는 곳에 잘 비워야만 동작이 제대로 만들어지고 움직임 안에서 숨을 부드럽게 쉴 수 있다. 다른 사람은 몰라도 나는 안다. 내가 정말 그 동작을 음미하고 있는지, 흉내만 내고 있는지. 다른 사람은 짐작만 할 뿐 정확하게는 몰라도 나는 안다.

어깨 관절을 부드럽게 만들어야 하는 동작이기는 하지만 어깨를 유연하게 하는 것은 가슴과 등, 겨드랑이 안쪽과 상체 전부, 혹은 바닥에 닿아 있는 다리의 면에서부터 올라오는 힘이다. 하체의 힘을 잘 채우고, 골반을 잘 안아주고, 복부 중심에도 힘을 채워 척추의 움직임을 조절한다. 겨드랑이 안쪽을 끌어내려 몸 옆선의 힘도 살펴보고 나면 그제야 어깨 관절에 공간이 생기면서 부드러워진다. 그런 다음에는 몸의 뒷면 힘까지 인지하며 동작을 하게 되고, 그제야 나는 부드럽게 숨을 쉴 수 있다. 여전히 마리챠아사나 4는 어렵지만 그래도 조금씩 동작과 친해지고 있다.

여행길에서 한참 기대했던 목적지에 도착해 감동을 느끼는 날도 있지만 가는 길에 만난 풍경에서 더 큰 감동을 느

끼기도 한다. 그러니까 가는 길에서, 목적지 주변에서.

　코스타리카 산타 테레사 해변에 한 달 간 머무는 동안 꼭 한 번 가보고 싶었던 해변의 끝자락이 있었다. 저 끝에 도착하면 풍경이 어떻게 달라질까? 저기에는 누가 살고 있을까? 길이 끝나는 곳 다음에는 무엇이 있을까? 내내 궁금해하다가 떠나기 삼 일 전이 되어서야 용기를 내어 걸어보았다. 아는 길이 끝나고 모르는 길에 들어서서 만나는 풍경들은 목적지를 잊게 만들었다. 말도 걷고 닭들도 걷고 개도 뛰어다니는 거리에서 나도 함께 걷는데, 그 일부가 될 수 있음이 기뻐서 중요하다고 생각했던 목적지 같은 것은 다 잊어버렸다. 향하는 곳은 있었지만 그 길에서 나는 매 순간 풍경으로 존재했고, 그러는 동안 알게 되었다. 지도를 내려놓고 걷는 길에서만 만날 수 있는 풍경이 있다는 것을. 조금 늦게 도착하게 되더라도 많이 두리번거리며 걷는 나로 지내는 일도 꽤 괜찮은 일이었다는 것을.

　그리고 길의 끝에 도착해 또 하나 알게 되었다. 하나의 길이 끝나고 나면 또 다른 길이 거기에 놓여있다는 것. 목적지 다음에는 다음 목적지가 놓이게 된다는 것.

그래, 다시 천천히 걷는다. 목적지에 시선을 온통 다 빼앗기지 않고 주변도 잘 살펴보면서 사부작사부작.

적당한 노력과
충분한 휴식

발라아사나

"그러니까 말이야. 그건 이제 더 이상은 안 된다는 말이야."
라고 친구가 말했다. 괜찮은 것 같았는데, 정말 별일 없는
것 같았는데 갑자기 일어나는 일들이 있다.

정직하게 돌아보면 분명 전조가 있었고, 그 전조를 눈치
채지 못했을 뿐이다. 많은 일들이 일어난 후에야 찾아오는
마음이다. 미리부터 안다면 다른 결정을 하게 되었을까 자

문하지만 그러나 역시 대부분은 알았다고 해도 믿지 않았거나 어쩔 수 없었을 것이다. 헤어질 것을 알았어도 나는 그와 만났을 것이고, 아프게 될 것을 알았어도 온몸을 던져 그 거리를 걸었을 것이다. 반갑게 찾아온 것들도 마찬가지. 나중에 찾아오리라는 것을 알았어도 아마 완전히 확신하지 못하고 두려워했어야 하는 때에는 두려워했을 것이다. 어쩌면 충분히 그 마음을 안고 할 수 있는 일들을 했기에 무언가가 반갑게 찾아왔는지도 모른다.

오래전 무지외반증으로 한참 고생했지만 이제는 흔적만 남았을 뿐 괜찮아졌다. 요가가 준 많은 선물들 중 하나다. 그런데 이번에 다시 반갑지 않은 손님이 찾아왔다. 얼마 전부터 오른발에 찾아온 족저근막염이다. 올 한 해 참 많이 걸었고, 여기저기 옮겨 다니며 많은 수업을 했다. 꽤 많은 선생님들을 만나며 공부하고 수련하느라 정말이지 주말도 없이 지냈다. 지난여름에는 오래 걷기에 적당하지 않은 플립플랍을 신고 제주도의 길들을 하염없이 걷기까지 했다. 늘 강하다고 생각했던 오른발이라 무심하게 힘을 싣고 아사나 데모를 하기도 했고, 여태껏 괜찮았으니까 계속 괜찮기를 바라면서, 아니 어쩌면 그런 마음조차 먹지 못하고 시간을 보냈다. 그러는 동안 괜찮은 곳이었어도 피로감이 쌓였을 것이다. 이렇게 쓰다 보니 역시 갑자기는 없다. 갑자기, 그랬을 리가 없다.

수업에서 나는 자주 이야기했다.

"시간이 누적되어 찾아오는 통증을 만났을 때 우리들은 자주 '갑자기 불편해졌어!'라고 이야기하지만 가만히 생각해보면 갑자기가 아닐지도 몰라요."

그렇게 말했으면서 자신의 통증에 대해서는 부주의하게 "10년 넘게 매번 이렇게 걷고 대부분의 시간을 최대치로 움직여왔는데, 주말 없이 지낸 것도 하루이틀이 아닌데! 그런데 왜 갑자기 탈이 난거지?"라는 이야기를 하고 말았다.

"그러니까 말이야. 그건 이제 더 이상은 안 된다는 말이야."라는 친구의 말을 듣고 나서야 그동안 몸이 나를 견디고 있었던 것인지도 모른다는 생각을 했다. 괜찮다고 여겼던 몸의 부분에 의지하는 동안, 별일 없다고 여기는 마음의 부분으로 오래 기대어 있는 동안, 내 몸도 마음도 어쩌면 나를 견뎌주었던 것인지 모른다.

휴식의 필요성에 대해서 모두들 이야기한다. 그런데 우리 정말, 잘 쉬고 있는 것일까? 몸이 더 이상 견디지 못하게 되기 전에 알았더라면 좋을 텐데 싶지만 그전에 알았더라도 터무니없는 안심을 하고는 "그런 일은 일어나지 않을 거야."라고 말하지 않았을까 하는 생각도 한다. 이제 살피게 되었으니 통증은 나에게 선물을 준 것일지도 모르고, 이역시 나아지고 나면 같은 통증을 겪는 분들과 회복 과정을 나눌 수 있게 될 테니 또 꽤 괜찮은 시간일지도 모른다는 생각을 한다. 요가 수업을 하면서부터는 이런 방식으로 통증과 친해질 수 있다는 것이 참 좋다.

휴식과 재활에 마음을 두며 시간을 보내는 요즘에는 혼자 수련을 할 때마다 평소보다 자주 발라아사나를 한다. 과거에는 빼곡하게 시간을 보낸 다음에야 짧은 시간 휴식을

할 수 있었다. 늘 최대치로 끌어올려 에너지를 사용하고, 열심히 공부했으며, 무슨 일이든 최선을 다해야만 나를 칭찬했고, 주말도 없이 365일 중 363일을 움직인 해도 있었다.

휴식을 하다가 휴식 안에 영영 빠져버리면 어쩌나 걱정했다. 당시의 나는 푹 쉬고 난 다음 다시 일어나 잘 살아갈 수 있을 나를 믿지 못했다. 수련 중간에 발라아사나를 자주 하면 흐름이 끊어진다고 생각한 적도 있었고, '충분히 수련하고 사바사나 하면 되는데 뭐!'라고 생각하면서 쉬고 싶다고 느껴도 나를 몰아붙이곤 했다. 그러나 재활이 필요한 요즘은 발라아사나가 좋다. 잠깐 쉼표를 만들며 기운을 차리고 다시 숨을 돌본 다음 더 즐겁게 걸음을 놓을 수도 있다는 것을 알게 되었다. 그러니까 우리,

적당한 노력을 하고 충분히 휴식해도 괜찮은 것 아닐까? '갑자기' 무슨 일이 일어나기 전에 살뜰하게 몸과 마음을 돌보면서.

우선은 흉내를 내어본다.
그러고는 매일의 풍경을 만난다

칸다아사나

아무리 시간이 흘러도 되지 않을 것 같다고 생각하게 되는 아사나가 있다. 아니, 나에게는 여전히 아주 많다. 익숙한 방식이 아닌 움직임을 하면 나도 모르게 '안 되겠지' 하는 생각을 하기도 하고, '그러니 연습하는 것은 또 무슨 의미인가' 하는 생각이 올라올 때도 있다. 나도 안다. 그런 생각은 어리석다. 그러나 그렇게 어리석은 생각을 문득문득 해버리는 내가 분명히 있다.

    한국어 수업을 하던 교실에서 내 마음을 자꾸만 붙잡는 학생이 있었다. 시험을 보면 분명 많은 것을 알 텐데 싶지만 막상 수업에서 발화 연습을 할 때면 입을 떼지 못했다. 곰곰 곱씹어보고 틀리지 않았다는 확신이 들면 그제야 한 마디를 정확하게 뱉어내는 학생이었다. 언어는 그냥 한 번 흉내 내는 것만으로도 실력이 늘어가는 것인데 완벽하지 않은 문장을 많은 사람들 앞에서 말하고 싶지 않다는 마음 때문에 그 학생의 시간은 누구보다 더디게 흘러갔다. 그러나 나는 그런 사람을 또 한 명 알고 있다. 요가 매트 위에서도 만났고, 모국어가 아닌 언어를 배우는 시간에도 만났다. 그것은 바로 나 자신.

    처음이 없는 것은 세상에 아무것도 없다. 두 번째와 세 번째가 이어지려면 우선 우리들은 처음을 만나야 하는데, 처음에 대해 어떤 결벽을 갖거나 처음에 했던 실패 때문에 앞으로 찾아올 나머지 시간을 내 마음대로 규정해버리고 나면 내 마음이 내 마음에 의해 다치고 만다. 세상에 나온 아이가 모국어, 즉 태어나 처음 만나는 자기 민족의 언어를 배울 때조차도 그것은 쉬운 일이 아니다. 우리들의 기억에서는 멀어져 별일 아닌 것 같지만, 지금 내가 주로 사용하는 언어가 이렇게 익숙해지기까지 우리는 많은 연습을 했고, 많은 소통의 실패를 경험했고, 많은 고민을 했다. 아이가 태어나 엄마라는 말을 하기까지, 그 말을 따라해보라고 강권하는 생명체의 모습을 얼마나 자주 만났을까? 그냥 한 번만 따라해보라고, 어렵지 않다고, "엄마"라고 한 번 말해달라고, 그 말이 무슨 의미인지도 모르는 아이에게 우리들은 말한다. "엄마, 해봐." "아빠, 해봐." "이모, 라고 해봐." 어느 날 아이가 그 말을 하면 온 가족이 들떠서 손뼉을 친다. 아이는 그냥 그 발음을 한 번 해보았을 뿐일지도 모르는데 모두가 기쁘다. 그러면 아이는 아직 말랑한 머리로 생각하지 않을까? '아, 내가 엄마, 라고 말하면 나에게 밥을 주는 저 사람이 저렇게 기뻐하는구나.' 그러니까 다시 한 번 '엄마!' 이렇게.

그렇게 시간이 흐르다 보면 어느새 언어에 의미가 담긴다. 처음에는 흉내만 내었던 말들의 뜻을 알게 되고 사용하게 되는 것이다. 몸의 언어도 비슷하지 않을까 생각한다. 자꾸만 흉내 내다 보면 어느 날 문득 '아, 이래서 이 동작을 해야 하는 것이었구나.' 하고 알게 되는 날이 온다. 그 시간이 아주 먼 훗날일지도 모르지만 어쨌든 매일매일 모국어를 되뇌듯, 엄마의 뜻을 모르며 '엄마'를 되뇌듯 반복하다 보면 알게 될 것이다.

지금은 모국어처럼 반복하여 익숙해진 동작들도 있지만 여전히 많은 동작들이 어렵고 낯설다. 만났어도 매번 낯선 느낌이 들 때면 꼭 외국어를 배우는 것 같다. 칸다아사나는 두 발을 몸통 쪽으로 당기며 발목을 뒤집고 배꼽과 가슴 방향으로 발 바깥쪽을 닿게 하는 동작인데 수업에서 이 동작을 할 때면 이상한 좌절감이 든다. 사람마다 다르겠지만 힘을 채우는 것보다 더 시간이 오래 걸리는, 힘을 비우는 것이 가능해져야 이 동작이 되지 않을까 자주 생각한다. 이 동작을 만나면 열심히 해서 될 일이 아니라고 생각하며

웃게 되는데 그러니까 그냥 자주 해야만 되겠지 하는 마음이다.

우선을 흉내를 내어본다. 여전히 잘 못하고 왜 해야 하는지도 가끔 잘 모르겠는 동작들까지. 그 동작을 향하며 마주치는 중간중간의 풍경을 놓치지 않으려고 한다. 동작이 어느 날 되어도 좋고, 계속해서 되지 않아도 뭐 어떤가? 나는 매일의 풍경을 만났으니 괜찮고, 흉내를 내어보며 웃었으니 괜찮고, 그러는 동안 더 나다워졌으니 괜찮다.

찾아와 머무르다가
떠나간다

비라아사나

나를 찾아왔다가, 잠시 머무르다가, 나를 떠나간다. 호흡도,
몸의 느낌들도, 때로는 어떤 통증들도. 대부분의 것들이 그
렇다. 매트 위에서 만나는 시간이 그러하고, 살아가는 동안
마주하게 되는 관계와 순간들도 그러하다. 그렇게 이런저
런 일들이 나를 지나간다. 어떤 날은 매우 행복하다고 느끼
고, 어떤 날은 무릎에 힘이 빠지기도 한다. 그러나 상황은

그저 상황이 되어 나를 지나간다. 매트 위에서의 몸과 마음의 흔적들처럼.

과거의 나는 슬픔에 빠져 있는 시간이 꽤 길었다. 그 슬픔은 대부분 과거에 뱉어낸 말이거나 나에게 담겼던 일상의 표정들에서 연유했다. 그 순간, 그러니까 슬프다고 생각하는 바로 그 순간에서 출발한 슬픔보다 더 많은, 과거에서 출발한 슬픔이었다. 슬픔에 집중하며 온통 그 독 안에 빠져 있던 과거의 나는 감정이 어디에서 출발했는지 따위는 중요하지 않았다. 마주하는 상황을 있는 그대로 받아들이지 못하고 그 상황과 싸우려고만 했기 때문에 그토록 긴 시간을, 그 상황에서 빠져나오는 일이 어렵다고 생각만 하며 웅크리고 하루를 보낸 것이겠지. 시간이 흘러 독을 부수고 나서야 마음이 다음 마음에게 배턴을 넘겨주었다.

비라아사나로 긴 시간을 앉아서 어깨를 열고, 눕기도 하다 보면 나를 찾아오는 통증에만 온 마음을 주게 된다. 허벅지 근육이 길게 늘어나서 무릎을 안전하게 사용할 수 있게 돕고, 발목에도 공간을 만들어서 결국에는 몸을 편안하게 한다는 것을 안다. 그러나 막상 오래 이 자세로 앉아 있노라면 나는 자꾸만 불편하고 힘든 느낌에만 집중하면서 '다치지는 않을까? 원래 이렇게 힘든 건가?' 같은 생각을 한다. 자꾸만 통증이나 힘든 마음과 힘겨루기를 하는 것이다.

순간이 지나가고 또 다른 순간이 찾아올 때마다 몸의 느낌은 조금씩 달라진다. 불과 호흡이 열 번 지났을 뿐인데 처음과는 다른 곳이 느껴진다. 오늘 나는 그냥 몸의 느낌을 따라간다. 매 순간의 느낌이 출발하는 지점을 바라보는 것이다. 알게 된다. 몸의 느낌들이 나에게 왔다가 내 생각보다 훨씬 서둘러 나를 떠나간다. 내가 붙잡지만 않는다면. 하루를 보내면서 올라오는 감정 역시 나를 찾아왔다가 결국에는 떠나간다. 감정의 독에 갇혀 괴로워할지, 지나갈 것을 알고 지나보낼지를 결정하는 것은 결국 나 자신이다.

겨울의 한복판에서는 겨울이 영원할 것 같지만, 우리들은 벌써 봄을 만났다. 변한다는 것은 때로 마음을 서늘하게 하지만 변하기 때문에 지금 이 순간이 이토록 아름답다.

과정의 시간

사람바 사르반가아사나

인생은 언제나 과정의 시간이라고 생각한다. 어느 날의 결과로 오늘이 있지만 오늘도 다음 언젠가 만날 날의 과정이 될 것이 분명하므로 온전히 결과로만 존재하는 일 같은 것은 없다는 생각이 들곤 한다. 어떤 결과물을 내고, 그 결과물을 향유하는 것조차 때로는 다음에 일어날 일의 과정이 되는 것을 여러 번, 다름 아닌 내 인생에서 목격한 다음 나를 찾아온 마음이다.

그리고 그 마음이 찾아온 후 나는 조금 변했다. 요즘도 때때로 서운하고, 문득 행복하고, 가끔 혼자 울기도 하고, 자주 뜨겁게 사랑하지만 그렇게 일어나는 감정과 사건들이 어딘가로 계속해서 흘러가고 있다고 여기게 된다. 예전처럼 저 아래 깊숙한 곳에서 오래 헤매지도, 너무 위로 높이 올라간 감정을 담고 땅에 발이 닿지 않아 허우적거리는 듯한 불안한 상태를 오래 지속하지도 않는다. 그래서 아주, 고맙다고 생각한다. 과정 안에서 모든 것을 빼곡하게 느끼고 있지만 감정이 나 자신이 되지 않을 수 있는 마음의 힘이 생겨난 것 같다. 그러다가도 문득문득 오락가락 하는 것은 살아가는 동안 살아 있기 때문에 어쩔 수 없는 것이겠지, 생각하며 지낸다.

어떤 루틴을 만들고 그 루틴을 성실하게 지켜가면서 안정감을 찾는 나라는 사람이 있다. 삶에 새로운 무언가가 들어오면 루틴은 변할 수밖에 없고, 그럼 다시 적절한 루틴을 만드는 동안 허우적거리며 마음을 가눈다. 그 동안에는 마음이 물에 젖은 솜처럼 무거워진다. 힘이 생기기까지의 마음은 힘이 생겨나 마음 근육이 이리저리 가볍게 움직일 때와는 확실히 다르다. 무겁게 걸음을 놓고, 거기에 아직 아무것도 없음을 인식한다. 딱딱하게 굳어진 마음이 부드러워지는 일은 아득하게 멀리에 있다. 몸에 힘이 생겨나는 데 시간이 필요한 것처럼 마음도 이리저리 움직여보며 기다리면 힘이 생겨난다. 힘이 생겨나면 언제 그랬냐는 듯 자유롭고 강해진다.

사람바 사르반가아사나는 수련 중 자주 만나는 동작이지만 그날의 몸 상태에 따라서 가벼움의 정도가 매번 달라서 재미있다. 힘이 없는 몸 역시 무겁다. 몸의 뒤편에서 들어 올려주는 다리 뒷면 근육의 힘이 없으면 뒤에서 잡아주어야만 하는 몸을 땅과 가까운 쪽에서 모두 지탱하게 되고, 그러면 머리가 무거워지고 목이 아프게 된다. 어딘가에서 하지 않은 일은 결국 몸의 다른 어딘가에서 해야만 모양이 유지되기 때문에 어딘가의 약함이 어느 곳의 불편함으로 전달되고 마는 것이다.

머리가 무거워질 때면 숨을 고르고 다리에서 힘을 조금 더 만들어본다. 다리의 근육들이 제 할 일을 하고 등의 근육들도 뒤로 모아 사용하게 되면 어느새 머리가 산뜻해진다. 무겁다 여긴 순간도 가볍다 느낀 찰나도 과정처럼 지나가고, 지나간 자리에는 움직이기 전보다 부드러워진 감각과 조금은 더 단단해진 느낌이 채워진다. 어쨌든 계속해서 살아갈 텐데 그날따라 무겁거나 그날따라 가벼워도 움직이지 않은 것보다는 결과적으로 좋고, 마음 역시 그날따라 어둡거나 그날따라 밝아도 그 마음에 사로잡히지 않고 흘려보내고 나면 어떤 방식으로든 내부에 흔적을 남긴다. 살아가는 동안 우리들은 밀물과 썰물을 반복할 수밖에 없다.

무겁다고 느낄 때면 생각한다. 힘이 없는 것은 무겁다. 그리고 힘을 만드는 것은 나 자신. 몸도 그렇고 마음도 그렇다. 소망했으나 오늘 되지 않았던 어떤 일은 내일 될지도 모른다. 왜냐하면 오늘 내가 열심히 했으니까. 그렇다면 나는 그냥 오늘을 살면 되는 것이다. 과정의 시간을 사는 사람에게는 결과도 결국 다음 삶의 과정이므로, 크게 상심할 필요가 없어진다. 오늘 몸이 무거우면 오늘 더 움직여보고, 마음이 무거우면 이리저리 마음을 비틀어본다. 완결되지 않음이라는 뜻의 과정이 아니라 과정 자체를 바라보는, 그것으로 충분한 과정의 시간.

진실은 근사하다

핀차 마유라아사나

"도전해봐도 되고, 원하지 않는다면 머리 서기를 해도

돼요."

수업 때 이런 말을 들으면 나는 대부분의 경우 도전하지 않

는 사람이었다. 할 수 있는 것을 다시 한 번 하는 사람이었

다. 혹시나 넘어져서 옆 사람에게 폐를 끼칠까 봐, 라고 했

지만 사실은 옆 사람보다 내 마음이 더 걱정이었다는 것을 이제는 인정한다. 잘 못하고, 넘어지고, 휘청거리는 나를 만나 마음이 더 휘청거리게 될까 봐 그게 걱정이었던 것이다.

더디고, 멋지게 해내지 못하는 스스로에게 자주 실망했는데 그렇게 나에 대한 실망의 무게에 눌려 마음이 더 깊은 곳으로 가라앉을까 봐 두려웠을 것이다. 그래서 "요가는 아사나가 전부는 아니잖아?" 같은 쉬운 말을 하면서 어려운 동작들을 멀리했다. 그렇게 쉽게 말하고 나면 어려운 시간을 통과하지 않아도 나만의 합리화 안에서 나는 문제가 없는 사람이 되었다. 그렇다. 아사나가 전부는 아니다. 그러나 마음의 집인 몸을 제쳐두고 집 안에 있는 마음을 잘 살피는 일이 가능할까? 이제는 고개를 좌우로 젓는다. 도전이 찾아왔을 때 합리화를 하며 도망치고는 대문 밖에 숨어서 안을 훔쳐보았다. 도전하는 사람들이 부러웠다. 안 하고 싶은 척했지만 넘어지고도 다시 일어나 웃어버리는 사람들이 아주 많이 부러웠다. 저들의 무엇이 마음을 강하게 하는 것일까 생각했다. 넘어질 수 있는 용기는 어디에서 오는 것일까 궁금했다. 매트 위에서 갖는 태도들은 대부분 삶과 연결되어 있다. 그러니까 삶에서도 비슷한 태도를 갖곤 했다.

수업에서 만나는 분들은 아주 다양한데 그분들 중 삼분의 일 정도는 처음의 나라면 생각도 할 수 없는 동작들을 처음부터 척척 해내고, 내가 굉장히 오래 연습했던 동작들을 금세 해낸다. 모두의 시간은 모두 다르게 흐른다. 누군가는 굉장한 속도로 달려 나가고, 누군가는 천천히 걸어간다. 느린 속도에 문제가 있는 것도 아니고 빠른 속도로 달려 나간다고 해서 멋진 풍경만을 계속해서 만나게 되는 것도 아니다. 알지만 느린 속력의 나도 이제는 속도를 내야 했다. 아주 빠른 속도로 성장하는 수련자분들에게 내가 뭘 더 전해드릴 수 있을까 고민하던 어느 날, 평소와는 다르게 도전하는 나를 만났다. 어서 해보고 더 알려드리고 싶어서. 그러니까 내 아사나 성장의 8할은 실은 내 수업에 와주는 분들이다.

내가 잘 모르는 것은 설명할 도리가 없다. 모르는 것을 잘 설명할 수 있는, 그런 요령 좋은 사람이 아니다. 그런데 그 덕분에 도전하게 되었고, 막상 도전하다 보니 넘어지는

것쯤은 별로 대단한 일이 아니었음을 알게 되었다. 그리고 넘어지는 것이 두려워서 내내 도전하지 못했었다는 것을 도전한 후에야 알게 되었다. 실은 해보고 싶었는데 겁을 냈었다는 것도 알게 되었다. 그 마음이, 진짜가 아니었다. 그리고 진짜를 만나게 도와준 것은 나 자신이 아니라 매번 나를 고민하게 한 나와 다른 속도의 사람들이었다.

핀차 마유라아사나는 나에게 그런 아사나였다. 도전하지 않아도 괜찮은 이유를 한참 동안 이야기할 수 있는 아사나. 그런데 사실은 잘 해내고 싶었던 아사나. 기반의 위치가 변하면 거기에서부터 다시 뿌리내려야 한다는 것을 이 아사나가 나에게 알려주었다. 손부터 팔꿈치까지 지면에 닿아 있을 때에는 손의 기반도 다시 살펴보아야 한다. 평소에 손의 기반을 잘 기억했더라도 면적이 넓어지면 알고 있다고 여긴 것도 달라질 테니 새롭게 만나야 한다. 어깨 관절의 제한이 팔꿈치를 자꾸만 벌어지게 하고 손 기반을 무너뜨릴 수 있기에 다시 손을 살피고, 팔뚝에서 상체로 채워지는 힘도 가만히 들여다본다. 몸의 뒷면에서 잘 뒷받침을 하고 밑에서 채우는 힘 못지않게 위에서 끌어 올려주는 힘을 기억해야만 다리를 올린 채 균형을 잡게 된다. 여전히 어렵지만 이제는 진실을 마주한다.

진실은 근사하다. 진실을 인정하고 나면 안개처럼 눈앞을 가리던 나를 둘러싼 이야기들이 흔적도 없이 말끔하게 사라진다. 안개 터널을 빠져나온 것처럼.

◖

좋아하는 책, 에크하르트 톨레의 《삶으로 다시 떠오르기》를 처음 만난 것은 2014년 1월이었습니다. 그 책을 만난 이후 많은 진실들을 마주할 수 있게 도와준 문장들에 감사합니다. 책 3장, '마음이 만드는 드라마'라는 장제목에서 영감을 받았음을 밝힙니다.

거기가 맞아도
가끔 사는 일은 어려워요

시르사아사나

삼십대가 되었는데도 태어나 처음 해보는 일이 아직도 너무 많다. 그래서 즐겁고, 그래서 두렵기도 하다. 많은 것 중처음 해보는 대부분의 일이 나를 신나게 만들어서 아주 다행이라고 생각하는데, 가장 최근에 했던 처음 하는 일은 나를 조금 겁먹게 했다. 어린 시절의 나는 지금보다 내 속에서 흘러나오는 말에 더 잘 속곤 했는데, 그래서인지 엉덩이가 아주 가벼운 아이였다. 조금 전까지 앉아 있던 도서관 자리에 여전히 앉아, 되든 안 되든 머리를 싸매고 있을 줄 알고 친구는 간식을 사서 날 찾아왔는데, 나는 이미 나가서 영화관에 앉아 있기도 하고, 도서관 내 자리에서 탈출해서는 아래층 서가에 가서 지금 이 순간 필요한 책과는 거리가 먼 소설책을 읽고 있기도 했다. 어렵다고 느껴질 때, 이해할 일이 감당할 수 있는 것보다 더 크다고 느껴질 때, 내 속에서는 매번 이런 생각이 올라왔다.

　'여기가 아닌 것 같아, 내 자리는.'

해야 하는 일이 내가 할 수 있는 일보다 더 크고 높아 보일 때, 내가 해낼 수 있는 넓이보다 더 넓게 마음을 써야 할 것 같을 때면 요즘도 여지없이 그런 생각들이 나를 찾아온다. 나를 작아지게 하는 말은 이상하게 힘이 아주 세다. 그 말과 힘겨루기를 하다 보면 나는 점점 무력해진다는 것을, 이제는 경험으로 알고 있다. 그럴 때 나는 아무것도 모르는 사람 같아서 내가 모르는 것의 목록을 만들어가며 새롭게 공부를 시작하기도 하고, 무엇도 정리하지 못한 채 길을 잃어버린 어린아이처럼 마음속에서 길을 찾아 헤매기도 한다.

처음 시르사아사나를 만나서 도전하던 때가 생각난다. 넘어질 것 같을 때마다 내려왔고, 흔들릴 때마다 무언가를 바꿔야 할 것 같았으며, 힘들다고 느껴질 때면 지면에 닿은 몸의 위치를 옮겨야 할 것만 같았다. 그러니까 힘들 때마다, 무언가 잘못된 것만 같았다. 그러나 돌아보면 모두 거기가 맞았고, 성장이 일어나는 순간마다 나는 흔들린 것이었다. 매트 위에서 만났던 마음들이 삶에서 나에게 이야기해준다.

'거기가 맞아도 힘든 시간이 있어. 할 수 있는 일을 찾아봐.'

잘해내고 싶다고 생각하면 이상하게도 할 수 있는 일이 별로 없어 보인다. 그런 날에는 노트를 펴고 할 수 없는 일과 할 수 있는 일을 쓴다. 할 수 없는 일 부분은 잠시 접어

두고 할 수 있는 일을 해본다. 그 순간 나의 내부에서 무슨 일인가가 일어난다. 그 시간을 기다린 만큼, 도망가지 않고 성실하게 보낸 딱 그만큼 성장이 일어난다.

엉덩이가 가벼운 아이였던 나는 이제 엉덩이가 무거운 어른이 되어 하루와 또 하루를 채워나간다. 여기가 맞아도 때로 어렵고, 여기가 맞아서 때로 즐거운 인생의 시간을 모두 맛볼 수 있어서 정말 고맙다고 생각하면서.

모두
각자의 시간을 산다

우스트라아사나

계절을 만나는 길에서 매번 올려다보는 나무가 있다. 느릅보 나무. 지난 가을에는 주변의 모든 나무들이 빨갛고 노랗게 물들 때 혼자 푸르다가 다른 나무의 단풍잎들이 다 길 위에 소복하게 쌓이고 겨울을 맞이할 즈음 뒤늦게 붉게 단풍을 물들이고 때를 맞이했다. 그게 너무 귀여워서 한참 동안 올려다보다가 다들 울긋불긋 예쁠 때 혼자서 서운하지 않았을까, 가만히 생각하기도 했다. 요즘 그 나무는 아직까지도 크기도 빛깔도 여린 잎들만을 품고 있다. 주변 나무들이 모두 점점 울창해지는데.

나는 대부분의 일들을 조금쯤 지각을 하며 살고 있다. 대학교 졸업도 친구들보다 한참 늦었고, 대학원 석사 학위를 딴 시기도 함께 입학한 이들보다 늦고, 요가를 시작한 지는 오래되었어도 몰입하게 된 시기가 늦어 여전히 부족한 것이 아주 많다. 몸을 쓰는 것도 마음을 쓰는 것도 뭐 하나 빨리 되는 것이 없는 삶이다. 그래서 속상해질 때면 언젠가 읽었던 손석희 앵커의 글을 떠올린다. '나는 내가 지각 인생을 살고 있다고 생각한다.'라는 문장으로 문을 여는 글이다. 그러나 그는 이미 늦어버렸기에 오히려 조바심보다 여유를 갖게 되었다고 말했다.

비행기에서 밖을 바라볼 때 보는 풍경과 기차 안에서 볼 수 있는 풍경, 두 발로 걸으면서 바라볼 수 있는 풍경은 모두 제각각이다. 제각각 아름답다. 어느 것 하나 부족한 것

없이 모두 아름답고, 떠올릴 때면 왜인지 그리워진다. 아마 모두들 그렇지 않을까. 빠르게 지나가는 시간도 그렇기에 완전하고, 느리게 지나가는 시간도 그렇기에 완전하다. 빠른 속도감 덕분에 만날 수 있는 비행기 밖 구름 모습이 느리게 걸으며 마주하게 되는 늦봄의 바람과 아카시아 향기보다 못하지도 더하지도 않은 것이다. 그러니까 나도, 늦어도 괜찮고 가끔은 서둘러도 괜찮다. 다양한 속도 안에서 지금의 나를 정직하게 바라보고 그 순간에 볼 수 있는 풍경을 무엇과도 비교하지 않으며 내 안에 담는 일이 가장 중요한 것이다. 누군가가 맞춰둔 시간에 나를 꿰어 넣으려 하면 내 인생은 지각이지만, 나의 시간으로 모든 것을 다시 정리해보면 결코 늦은 일이 없다. 다 때가 되어 그때에 했을 뿐이다. 우리들은 모두 각자의 시간을 산다.

무릎을 바닥에 두고 엉덩이를 높인 채 몸의 앞면을 열어내는 우스트라아사나를 하다 보면 느린 나의 몸이 더 깊이 느껴진다. 더 열려야 하는 곳과 더 강해져야 하는 곳이 어디인지 알게 되고, 더 가고 싶은 마음과 돌아가고 싶은 마

음까지 더욱 또렷하게 만나게 된다. 후굴 동작이 수월한 이들이 만나는 풍경과 후굴 동작이 수월하지 못한 내가 만나는 풍경이 분명 다르겠지, 생각한다. 그래서 우리들이 모두들 자신만의 언어를 갖게 되는 것 아닐까 생각한다. 멀리까지 가고 싶은데 여전히 여기라는 사실에 늦어버린 것 같다는 마음이 올라오기도 하지만 끝난 것이 아니라면 늦은 일은 아무것도 없다. 지금 하면 된다. 지금 해야 한다.

느림보 나무는 알고 있을 것이다. 나무들에게도 각자의 속도가 있다는 것을. 아마 서운해하고 있지도 않을 것이다. 조바심 내지 않아도 자신의 속도 안에서 자기답게 울창해지는 시기가 온다는 것을 알고 있기에.

3

흔들릴 수 있다는 것은
거기에 무언가 있기 때문이다

열리다, 닫히다,
그리고 열다, 닫다

파리가아사나

마음의 문을 열다, 라는 말이 있다. 그리고 마음의 문을 닫다, 라는 말도 있다. 그렇다면 마음은 우리가 결정한대로 열고 또 닫을 수 있는 것 아닐까? 나도 모르게 열리고 나도 모르게 닫히는 날도 있겠지만 대부분의 시간 동안 그저 열리고 닫히는 것보다 힘 있게, 열고 닫고 싶다는 생각을 한다.

한국의 날씨는 요즘 과거와는 달라서, 지금이 봄일까? 아직 겨울의 끝자락인가? 여름이 되었나? 경계가 아리송하다. 밖에서 걷는 시간이 긴 나는 날씨의 영향을 많이 받는다. 평소보다 찬바람이 불면 나도 모르게 움츠러들고 햇살이 따뜻하게 내려오는 날에는 그만 마음이 환하게 밝아진다. 그래서 지난 5월 내내 '아, 나는 참 날씨의 영향을 많이 받는구나.' 생각했다. 생각은 거기서 멈추지 않고 '날씨의 영향을 받지 않는 조금 더 강한 사람이면 참 좋을 텐데.'라는 마음으로 이어달리기를 하고 만다.

인간도 자연의 일부이기에 우리들은 날씨의 영향을 받을 수밖에 없는 것 아닐까? 그것이 자연스러운 것 아닐까? 하는 생각이 문득 들고 나서는 영향을 받긴 하겠지만 어떤 방향으로 마음을 열고 닫을지는 내 선택이라는 것을 알게 되었다. 나에게 좀더 이로운 방향으로 마음의 문을 열고 좋은 것을 채운 다음 나를 울적하게 하는 방향으로의 문은 닫을 수 있다면 좋겠다. 그러면 그 문 안에서 나는 조금 더 나를 사랑하는 내가 될 수 있을 것이다.

몸의 옆면을 활짝 열어내는 파리가아사나를 할 때, 한쪽의 문은 활짝 열어서 햇살이 들어오게 하고, 한쪽의 문은 힘을 채운 다음 단단하게 닫아서 좋은 것들이 내 안에 가득 차오르도록 한다. 열리는 것에만 마음을 쏟게 되면 건강하게 닫는 것에 대한 생각이, 허술하게 만든 손우물에서 모래가 새어나가듯 멀어질 때가 있다. 조금 더 야무지게 손우물을 만드는 것처럼 마음을 오므린다. 열어서 채우고 닫아서 내부에 닿도록 한다. 그런 순간이 오면 나는 너무 과하게 열리지도, 다칠 정도로 닫혀버리지도 않고, 안전한 몸이 된다. 실은 더 안전한 마음이 된다.

자연의 영향을 받는 약한 존재이지만 우리들은 모두 자연에 영향을 줄 수 있는 강한 존재이기도 하다는 사실을 기억한다. 장마에 둑이 무너지듯 마음이 무너질 수도 있지만 다시 일어나 둑을 세우고는 물이 지나가도록 둑의 문을 열고, 또 수위를 조절할 수 있게 문을 닫기도 하는 것. 그것 역시 할 수 있는 나, 우리들.

어떤 세계의 문을 열고, 마음을 열어 그 안으로 들어가는 일. 그 결정을 하는 것은 결국에는 자신이다.

부드러움이 만드는 견고함과
견고함에 의해 생겨나는 유연함

파리브르타 자누 시르사아사나

무엇이 참 좋다, 라고 말하면서 때, 장소와 관계없이 한없이 좋아하는 기분도 참 좋지만 지금 참 좋다, 라고 여기면서 때, 장소와 관계를 맺는 기분도 아주 좋아한다. 그 순간에 가장 좋은 것은 그때가 지나고 나면 그 순간만큼인 날은 없을 것을 알기에 가끔은 지금 반드시 충분히 만나야 한다고 생각한다. 이를테면 여름밤의 시원한 맥주나 코끝에 찬

바람이 스치는 가을에 마시는 따뜻한 차, 겨울에 먹는 채소 수프 한 그릇, 봄이면 생각나는 쑥내음이 나는 떡 같은 것들.

요즘 만날 때마다 정말 기분이 좋은 아사나 중 하나는 파리브르타 자누 시르사아사나이다. 몸 전체를 사용하여 온전히 몸을 느끼면서 오랫동안 이 자세에 머무를 때면 요즘의 나에게 아주 적절하다는 생각이 든다. 내부에 쌓여 있는 것을 느긋한 마음으로 오래 들여다보는 최근의 나는 시간을 들여야만 보이는 것을, 시간을 사용하여 보고 싶다. 하나의 풍경을 눈을 떼지 않고 바라본다. 풍경이 변하고 소리도 달라진다. 그대로 거기에 있어도 눈앞의 풍경은 조금씩 변화한다. 나는 그대로라고 생각하지만 나의 내부 역시 매 순간 조금씩 변화하고 있었을 것이다. 그것을 알아차리는 것은 걸음을 멈춘 순간인 경우가 많다. 빨리 걸음을 옮길 때에는 확연히 다른 풍경을 보게 되니까.

스스로를 부족하다 여긴다 해도 많은 부족함을 쌓는 일역시 나무의 나이테를 만드는 일이다. 부족하다 여기며 거기에 머무른다 해도 오랜 시간이 흐른 다음에 만나는 나는 과거의 나와는 확실히 다르다. 그러니까 나는 오늘 마주한 아름다움을 오늘 충분하게 만나며 감동할 수 있는 사람으로 계속 살고 싶다. 부족하다 여기며 눈을 감아버리거나 애써 찾으려 눈에 힘을 주지 않고, 만나게 된 장면 속에서 마음껏 발견하면서. 그 방향으로만큼은 아주 성실한 인간으로 살아가는 것이 삶에 대하여 요즘 취하고 있는 가장 중요한 태도이다.

매트 위에서도 역시 그렇다. 어떤 동작에서는 강함이 유연함보다 우세하고, 어떤 동작에서는 반대이다. 그러니까 나는 강하기만 한 몸도 아니고 유연하기만 한 몸도 아닌 어중간한 몸. 그러나 강함이 우세할 때에는 거기에서 도움을 받고, 유연함이 더 능력을 발휘할 때면 거기에서 도움을 받는다. 그리고 어쩌면, 유연함을 만드는 것은 강함인지도 모른다. 진짜 강함을 만드는 것 역시 유연함인지도 모른다. 경직과는 다른 견고함이 몸을 부드럽게 하고, 허약함과는 다른 유연함이 몸에 힘을 채운다. 바닥에 닿아 있는 하체의

견고함이 허리와 몸 옆선의 부드러움을 채우고, 어깨의 부드러움이 가슴의 열림을 만들며 복부의 강함이 아래에 있는 옆구리에 힘을 불어넣는다. 그렇게 나의 파리브르타 자누 시르사아사나는 오늘, 몸 내부에서 서로가 서로에게 도움을 받는다.

내가 당신에게, 당신이 나에게 부드러운 말을 건넬 수 있는 것은 우리 내부의 강함을 우리가 믿고 있기 때문이다. 믿어주고 있기 때문이다. 모나고 딱딱한 말로 누군가에게 상처를 남기고 싶지 않다. 그래서 나는 오늘도 내부의 강함을 더 채우려 매트 위에 선다.

고작 그 정도의 일들

우르드바 프라사리타 에카파다아사나

따뜻하고 든든한 채소 수프를 한 그릇 먹고 싶다. 원하는
것이 분명할 때 정확하게 그것을 줄 수 있는 사람은 나 자
신뿐이다. 채소 수프가 갑자기 만들어질 리는 없으니까 밖
으로 나가 장을 보고, 채소들을 사와서 손질해야 한다. 병
아리콩을 미리 불려두고 토마토를 깨끗하게 씻고 브로콜
리를 데치고 셀러리에 묻어 있는 흙을 잘 제거한다. 칠리도

몇 개 꺼내고 당근을 적절한 크기로 썰어둔다. 준비가 끝나면 커다란 냄비에 재료들을 순서대로 넣고 종종 잘 익어가고 있는지 확인하며 젓는다. 뭉근하게 익는 데는 시간이 필요하다. 그러니까 내가 할 수 있는 일이라는 건 고작 이 정도이다.

단순하고 깊고 다정한 인생을 살고 싶다. 그런 인생을 나에게 줄 수 있는 사람 역시 나 자신뿐이다. 그런 인생이 갑자기 만들어질 리는 없으니까 할 수 있는 일에 대해 생각하고 행동해야 한다. 물 충분히 마시기, 사랑하는 사람들을 외롭게 하는 말 하지 않기, 일회용품 사용을 최소화하기, 누군가를 고통스러운 눈물범벅으로 만든 기업의 제품은 사용하지 않기, 동물 실험을 하지 않는 브랜드나 좋은 일을 앞장서서 하는 기업의 제품 사기, 고마울 때에는 늦기 전에 고맙다는 말 전하기, 나와 함께 있어줄 날을 마련해두기, 나의 취향만큼 타인의 취향을 존중하기, 계절을 만나고 제철인 음식 챙겨먹기, 모든 것을 있는 그대로 만나기. 행동이 습관으로 굳어지는 데 시간이 필요하다. 그러니까 내가 할 수 있는 일이라는 것은 고작 이 정도이다.

한 해에 하나둘씩 추가해온 작은 규칙들이다. 마음이 무너져내리던 날 세운 규칙도 있고, 잔잔하게 행복했던 어느 날 부드러운 마음으로 세운 규칙도 있다. 작은 규칙들로 일상이 채워진다. 너무 사소해서 타인이 본다면 '무슨 그런 게 규칙이야.' 이야기할지도 모르지만 그런 작은 규칙들이 갈 수 있는 곳까지 걷게 하는 빛들이 되어주고 있다.

태연하게 지켜지기까지는 노력이 필요하고, 노력으로 익숙해지고 나면 어느새 조금은 더 마음에 드는 내가 되어 있다. 하루를 채우는 공기를 따라 무심코 흘러가다 보면 나도 모르게 하게 되는 말들과 행동들이 있다. 떨어뜨린 줄 몰랐는데 그걸 주웠다는 누군가를 만나게 되는 날도 있고, 누군가가 본 줄 몰랐는데 걷는 모습을 보았다는 사람을 만나게 되기도 한다. 작다고 여긴 것들이고 떨어뜨린 줄도 몰랐으니 주우러 돌아갈 생각도 못하는데 뒤이어 걸어오던 사람은 그것을 줍는다. 날카롭거나 빛나거나 뭉툭하거나 무겁거나 고요하거나 따뜻한 무언가를. 규칙들은, 나도 모르게 떨어뜨리는 것들이 누군가를 다치게 하지 않았으면 하는 마음에서 만들었다. 혹시나 누군가를 부드럽게 안아줄 수 있다면 좋겠다는 마음에서 만들었다.

우르드바 프라사리타 에카파다아사나를 하면서 고요하게 숨 쉬고 견고하게 머무르고 싶다. 아사나 안에서 빛나는 고요를 선물할 수 있는 사람 역시 나 자신뿐이다. 그런 순간이 갑자기 만들어질 리는 없으니까 하나씩 살펴본다. 기반이 되는 발에서 중심으로 올라오는 힘과 하늘로 뻗어나가는 발쪽으로 멀리 가는 힘과 내부에서 잡아주는 힘, 시선, 불필요한 긴장을 내보내는 일들을 모두 챙겨야 한다. 그러나 하나를 챙기면 하나를 놓치기 일쑤이고, 하나에 집중하면 또 하나를 잊어버리곤 한다. 하나를 챙기다가 하나를 놓치게 되면 어쩔 수 없다고 생각하며 할 수 있는 일들을 한다. 놓쳤다면 다시 챙기면 되니까 너무 낙심하지 않는다. 깊은 숨에 가만히 하나씩 챙겨서 끌어안는다. 차곡차곡 쌓아 견고함을 만드는 데 시간이 필요하다. 그러니까 내가 할 수 있는 일이라는 것은 고작 이 정도이다.

고작 그 정도인 일들이 모여 고요하게 숨 쉬면서 요가 아사나를 하게 하고, 단순하고 깊고 다정한 삶을 살 수 있게 하고, 따뜻하고 든든한 채소 수프 한 그릇을 기분 좋게 먹을 수 있게 한다. 그러니까 고작 그 정도일 뿐이었는데 커다란 선물이 되어 나에게 돌아온다. 작은 것들은 작지 않고 우리들은 할 수 없는 일이 아니라 할 수 있는 일을 정성껏 하면 된다.

제철은 매번 돌아오지만
매번 놓치기 쉽다

하누만아사나

"아마 이번 주가 지나면 끝이지 싶어요."

산딸기를 앞에 둔 과일 가게 사장님이 말씀하셨다. 모든 과
일들이 각각 제철이 있다. 그중 산딸기는 제철이 아주 빠
르게 지나가는 과일 중 하나. 다음에 사 먹어야지 생각하고
돌아보면 철이 지나 시장에서 사라져버리기 일쑤다. 열두

개의 달 중의 여섯 번째 달에, 이 주나 삼 주쯤 산딸기가 시장에 나오고, 그 시간이 지나가고 나면 급속냉동한 산딸기만 먹을 수 있다. 제철은 매번 돌아오지만 매번 놓치기 쉽다. 제철인지도 모르고 지나보낸 다음 뒤늦게 아쉬워하기 쉽다.

마음이 자꾸만 미끄러져 혼자 엉엉 많이 울어대던 시기가 있었다. 누구에게나 있겠지, 그런 때가. 그 시기의 나는 이 세상이 나를 등지고도 너무 잘 돌아가고 있다고 여겼다. 아름다운 풍경에서 홀로 제외된 것 같다는 마음으로 가득 차서 가만히 세탁기 속을 들여다보다가 울고, 광화문 앞을 걸어가다가 울고, 해가 지니까 울고, 출근을 하면서 울고, 늦은 밤 집에 돌아와 아이스크림을 퍼먹다가 울었다. 왜 그렇게 울었던 것일까 생각해도 여전히 이유는 모르겠고, 그럴 만했겠지 짐작만 할 수 있는 시간. 그때의 나는 노트를 펴고 내가 할 수 있는 일, 하고 있으면 숨이 잘 쉬어지는 일, 내가 나를 사랑할 수 있는 기회가 될 만한 일을 쓰고는 최선을 다해 그 일들을 했다.

그 첫 번째는 매일 요가 수련하기였고, 두 번째는 책 읽기, 세 번째는 물 많이 마시기, 네 번째는 시장에 가기, 다섯 번째는 혼자서 많이 걷기였는데, 그 다섯 가지가 내가 터널을 빠져나와 하늘을 볼 수 있게 도와주었다. 자주 미끄러져서 가누지 못했던 마음은 어느새 중심을 잡고 사뿐사뿐 걸음을 옮기게 되었다.

시장에 가면 알 수 있다. 지금 이 순간 가장 아름다운 것들을. 오늘 제일 맛있는 과일과 채소가 무엇인지, 요즘 제일 예쁜 꽃이 무슨 꽃인지, 변함없는 것과 매일 변하는 것이 함께 둥그런 원을 만들며 살아가는 일은 어떤 것인지. 세월이 얼굴에 어떻게 내려앉는지, 마음이 목소리의 온도를 어떻게 바꾸는지, 정직하고 성실하다는 것이 그의 공간에 어떤 빛깔을 담는지 같은 것들. 나는 그런 것들을 궁금해하며 관찰하고, 혼자 걷다가 그날 가장 예쁜 꽃을 사거나 그때에 가장 맛있는 과일을 사 먹고, 푸른 채소를 사서 집으로 돌아와 두 손으로 고운 빛깔을 만지작거렸다. 그러는 동안 어느 날에는 꽃이 피고, 어느 날에는 그 자리에 열매가 맺히고, 열매를 먹고 나면 단풍이 들고, 잎들이 떨어지고 나면 하얀 눈이 그 위를 덮고, 눈이 녹고 나면 다시 여린 잎이 돋아나기 시작한다는 것을 알게 되었다.

좋아하는 계절이 무어냐 묻는 이에게 봄은 봄이라 좋고, 여름은 여름이라서, 가을은 가을이니까, 겨울은 겨울이기 때문에 좋다고 대답할 수 있게 되었다. 좋아하는 꽃을 묻는 이에게, 계절마다 예쁜 꽃이 달라서 그때에 제일 향기 좋은 꽃이 좋다고 대답할 수 있게 되었다.

하누만아사나에서 숨을 잘 쉬게 된 다음에, 거기에서 다시 숨이 차는 날이 올지도 모른다는 생각을 하지 못했던 내가 있었다. 이제 잘 되니까, 이제 그다음을 연습하고 있으니까 다시 잘 안 되리라고는 생각하지도 못했던 내가 있었다. 그런 내가 있었고, 긴 여행 중에 매트 위에서 숨을 헐떡이며 왜 되던 것이 안 되냐고 울먹이던 내가 있었고, 다시 편안해지고 있지만 언제든 또 안 될 수도 있음을 알고 있는 지금의 내가 있다. 매번 당시에 생겨난 마음 역시 그때가

아니면 느낄 수가 없다. 그 순간 그런 마음을 가졌던 내가 있어서 변하는 마음을 관찰할 수 있는 내가 있다. 계절 같다고 생각한다. 이런 마음도 또 지나갈 것이고, 시간이 지난 후에는 또 이 마음 역시 추억할 것이다.

산딸기 철에 포도를 가리키며 왜 아직 맛이 좋지 않으냐고 묻거나, 장미의 계절에 왜 은행나무가 노랗지 않으냐 묻는 것과 같은 일. 그것은 바로 제철을 맞은 마음에게 왜 지금 그 마음인 것이냐 묻는 것과 같다. 제철을 맞은 마음이 기쁨일 수도 있고, 두려움일 수도 있고, 행복일 수도 아픔일 수도 있다. 제철을 맞은 지금의 마음이 무엇이든, 그렇구나, 해버린다. 두려움에게 행복이 되라 말하지 않고, 기쁨에게 아픔이 되라 말하지 않고, 슬픔에게 설렘이 되라 말하지 않는다. 사랑에게 사랑이 아닌 것이 되라고 하지도 않는다. 떠오르는 마음 역시 계절처럼 지나갈 테니 그것을 알고 마음을 바라본다.

지금 제철을 맞은 마음과 함께 시간을 보낸다. 제철을 놓

치고 후회하는 일이 없도록 충분히 기뻐하고 마음껏 슬퍼

하고 실컷 무너지고 정성껏 사랑한다.

이 순간,
내 마음을 정하는 것은 나니까

고무카아사나

"요가를 열심히 하다 보니, 내가 자꾸만 예민해져요."

이 말에 나는 "예민해지는 거, 안 좋은 건가요?"라고 되물
었다. "그렇죠, 예민해지니까 아주 귀찮을 때가 있어요."라
는 대답에 '예민한 거, 진짜 별로인가?' 속으로 곰곰 생각해
보다가, 원하는 답이 아닐 수도 있지만 "예민함을 잘 사용

해보시면 어떨까요?"라고 말씀드려보았다.

생각해보면 나 또한 예민한 타입이다. 말에도 글에도 표정에도 소리에도 예민하게 반응한다. 나 역시 스스로, 좀 피곤한 타입인 것 같다고 생각하던 때가 있었다. 그러나 '사람에게는 누구나 자신만이 할 수 있는 일과 낼 수 있는 에너지가 있는데, 예민한 나니까 할 수 있는 일도 있지 않을까?' 하고 생각한 후로 내가 밉지 않아졌다.

실은 나의 경우, 예민함이 문제인 것이 아니라 예민함을 핑계로 도망갈 구실을 찾는다는 것이 문제였다. 매트 위에서 만나는 움직임들은 일상생활에서 자주 하는 움직임과는 다르다. 그래서 어떤 움직임들은 조금 낯설다는 이유로, 혹은 불편하다는 이유로 사랑받지 못하곤 한다. 실은 그 움직임들을 살면서 자주 하지 않아서 내 몸이 불편해진 것인데, 하루 종일 나를 아프게 할 만한 움직임들은 태연하게 긴 시간 하고 있으면서도 나를 나아지게 하는 움직임은 불편하다고 말하며 그 잠깐을 못 머무르고 동작에서 빠져나와버리는 것이다. 많은 것이 느껴지면 그냥 느끼면 된다. 느낌을 평가하지 않고 그냥 '느껴지네!'라고 속으로 생각하면 그만인 것이다.

고무카아사나 자세를 하고 등 뒤로 손을 잡은 채 오래 있다 보면 언제나 처음에는 골반이, 그다음에는 아래로 내린 어깨가, 그다음에는 위로 올린 팔의 근육이, 그다음에는 복부 안쪽에 있는 근육이 차례로 불편해진다. 오늘 나는 그 소리를 그냥 가만히 들어준다. '응, 그래그래. 거기가 불편하지? 맞아, 잘하고 있어. 감각을 감각으로만 사용해. 감각이 너를 휘두르게 하지 마. 진짜 다칠 것 같은 느낌이 들면 빠져나와야 하지만 그게 아니라는 것을 너는 잘 알잖아.' 나에게 이야기해준다. '불편하구나, 그렇구나.' 이야기를 들어주고 나니 내 안에서 중얼거리던 소리들은 갑자기 이야기를 멈추고는 다정하게 나를 본다.

마음에 아름답고 고운 색을 입히고 싶어서 올라온 매트 위, 감각에 귀를 기울이며 느낌을 판단하다 보면 때때로 여러 가지 색들을 덧칠하게 된다. 덧칠한 색은 어느덧 어둡고

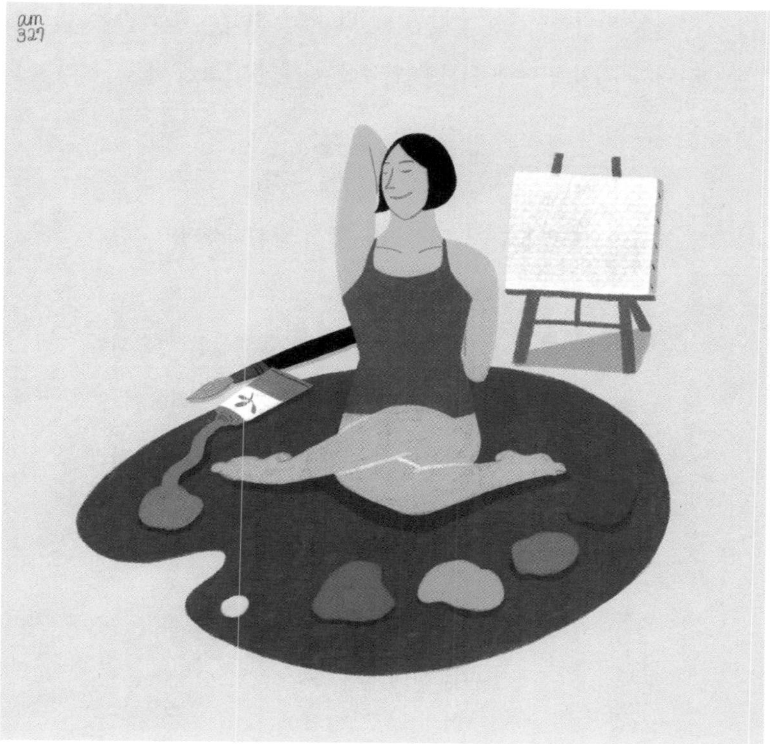
am
327

탁한 색이 되어버린다. 감각을 거기에 두고 더 색을 입히지
않는다. 거기에 있는 것은 그냥 거기에 두고 나는 조금 떨
어져서 바라본다. 이 순간의 내 마음을 정하는 것은 바로
나니까. 지금 나에게 이로운 마음을 선택하는 것은 바로 나
니까.

인도에서 만났던 수린더 선생님께서 말씀하셨다.

"매트 위에서, 우리들은 왜 어려운 동작들을 연습해야
하지? 어떤 동작은 꽤 쉽고, 어떤 동작은 어려운데, 매
번 와, 이건 쉽네! 어! 이건 너무 어렵잖아! 오락가락
속으로 이야기할 거야? 그냥 어떤 건 어렵고 어떤 건
쉬운 거야. 그게 전부야. 안 그래?"

"그리고, 너희들도 알지, 삶도 똑같아."

나를 지켜줄 수 있는 공간

바시스타아사나

"여기에 내가, 여기에 그가 있어. 이렇게 먼 곳까지 와서 다른 방향으로 먼 곳에 닿은 그를 생각해. 두 사람 사이에 커다란 공간을 만들고 그 공간 너머에서 그를 떠올리는 거야. 보이지 않던 것이 보이고, 들리지 않던 것이 들려."

두 팔을 번쩍 들고 양 손을 다른 방향으로 펼치고는 마스미가 이야기했다. 인도 여행 중에 만난 친구 마스미는 애인과 같은 날 일본의 한 공항에서 다른 곳을 향해 출발했고, 다시 같은 날 일본의 한 공항에서 만나 함께 사는 집으로 돌아갈 것이라고 말했다. 두 사람은 그렇게 여섯 달 동안 남미와 인도로 둘 사이의 공간을 떨어뜨리고 다시 간격을 좁히는 일을 꼭 해보고 싶었다고 한다.

사람과 사람 사이에 공간이 필요하고, 마음과 나 사이에도 공간이 필요하고, 힘과 힘 사이에도 공간이 필요하다. 가까워진다는 것은 아주 아름다운 일이지만 각각이 가진 빛깔과 힘 사이에 균형이 생겨났을 때 더 아름다운 풍경이 되지 않을까. 멀어졌다가 가까워지기를 반복하며 맞춰지는 균형도 있을 것이고, 어떤 공간과 거리를 일정하게 지켜가며 찾는 균형도 있을 것이다.

우리의 몸에도 공간이 필요하다. 요가 동작을 하며 나를 지켜줄 수 있는 공간을 만들다 보면 때로는 더 어려운 것

같고 더 흔들리는 것만 같아도 그러는 동안 힘이 생겨나고 안전한 시간을 보내게 될 수 있음을 알게 된다. 한 손을 바닥에서 떼어내 하늘로 들어 올리는 바시스타아사나를 하다 보면 때로 팔꿈치의 공간을 놓칠 때가 있다. 요가를 할 때에는 무릎도 팔꿈치도 긴장하지 않는 것이 무엇보다 중요하다. 그래야만 각각의 근육들이 흔들리며 힘을 발휘할 수 있기 때문이다. 팔의 아래쪽 근육과 위쪽 근육은 팔꿈치에 공간이 생겨났을 때 자신의 자리에서 힘을 내어 견고함을 만들어낸다.

바람 많은 제주에 살던 사람들은 오래전 돌담을 쌓을 때 돌과 돌 사이에 공간을 만들며 담을 올렸다. 바람이 지나갈 자리를 만들어두는 편이 빼곡하게 채워진 돌담보다 견고하게 서 있을 수 있기 때문에. 바시스타아사나를 할 때면 제주도의 돌담이 떠오른다. 힘과 또 다른 힘 사이에 공간을 만들어 더 견고하게 서 있는 나를 상상하게 된다. 내 몸 구석구석에 있는 힘들은 어깨와 팔꿈치에, 골반과 무릎에 공간을 만들며 움직일 때, 존재하는 곳에서 있는 힘껏 부드럽고 강한 힘을 만들어낼 수 있다. 내 마음 곳곳에 있는 감정들 역시 공간을 만들어두고 조금 떨어져서 바라볼 때, 생겨난 그 자리에서 좋은 일들로 연결할 수 있게 된다.

"너와 그 사이에 둘이 함께 만든 그 공간이, 너를 더 너답게 하고 그를 더 그답게 할 것 같아. 그리고 더 너답고 더 그다운 너희들은 함께가 되었을 때 분명 더 빛날 거라고 생각해."

이렇게 말하는 나를 보며 마스미가 미소 지었다.

◗

좋아하는 작가 에크하르트 톨레가 쓴 《삶으로 다시 떠오르기》라는 책이 있습니다. 그 책의 '슬픔과 나 사이에 공간이 생겨났다.'라는 구절에서 '마음과 나 사이의 공간'이라는 문장의 영감을 받았음을 밝힙니다.

마음이 미끄러지던 시절이 주는 선물

우르드바 다누라아사나

분명 여기가 목적지로 향하는 길 같아서 한참을 살펴보고, 믿고, 성실하게 걷는데도 마음이 멀기만 하다면 잠깐 멈춰 봐야 할 일이다. 멈추고는 고개를 들어 먼 곳을 보며 숨을 한 번 고른다. 다른 길이 보일지도 모르고 높아진 하늘과 조금 가까워지면 어렵게 여겨지는 지금 이 길밖에는 길이 없다는 것을 받아들이게 될지도 모른다. 그러니까 잠시 멈춰보면 더 가야 할지 다른 길로 방향을 틀어야 할지 알 수 있을 것이다.

그리고 가끔은 멈춰 서서 지금까지 걸어온 길을 돌아본다. 위로나 답이 늘 앞에 있는 것은 아니다. 때로는 지나온 길에서, 어느덧 잊힌 줄로만 알았던 시절에서 나아갈 마음을 세우게 되기도 한다.

오늘의 나에게 필요한 것은 지나온 날들을 돌아보는 일이었다. 내 삶의 뒤편에서 나를 앞으로 밀어주는 사람들을 만나고, 그때는 그 순간이 끝인 것 같았는데 용케도 여기까지 왔네, 함께 이야기하는 일이었다. 나의 못난 모습을 나와 함께 보았고 그 모습을 응원해주었던 사람들, 가족들, 시무룩한 내 곁에서 말없이 자리를 지켜주었던 마음들을 만난다. 내가 여기에서 앞으로 나아갈 용기를 얻는 것은 그런 시간 동안 나에게 등을 보이지 않았던 고마운 이들 덕분이라고 생각한다.

"산은 나를 거절할 수가 없어. 발이 미끄러지는 것은 그냥 내가 미끄러진 것이지, 산이 나를 밀어낸 것은 아니야. 함께 걷던 동료들은 어느 순간 나보다 빠른 걸음으로 보이지도 않는 먼 곳에 가 있고, 내가 계속 멈추지 않으면 거기에 있는 그들을 만나게 되기도 하지. 나를 응원해주는 사람들이 주변을 계속해서 지나갔어. 그런데 말이야, 누구도 대신 걸음을 놓아줄 수는 없더라. 더 높은 곳까지 올라가서 더 먼 곳을 보는 일은 다름 아닌 내가, 내 두 발로, 내 힘으로 해야만 하는 것이었어."

오랜만에 만난 엄마는 여전히 한쪽 무릎이 아프지만 백발을 휘날리며 후지산을 등반하고 왔다면서 환하게 웃으셨다. "다녀오고 나니 내 안에 무언가가 생긴 것 같아. 내년에도 갈 거야. 갈 수 있다면 자꾸만 갈 거야."라고 이야기하는데 정말 무언가, 생겨난 것 같은 표정이었다.

우르드바 다누라아사나를 할 때면 하체의 힘을 잘 채워두고, 꼬리뼈를 살짝 말아 올려 허리에 공간을 만든 후 아랫배를 부드럽게 열어둔다. 손바닥에서 올라오는 힘은 견고하게 채우고 겨드랑이 안쪽을 기분 좋게 열어두면 어느새 가슴이 부드러워진다. 앞면이 부드럽게 열리는 순간 숨은 정체 없이 나를 관통해 지나간다. 잘 들어오고, 잘 내보낼 수 있게 된다. 그것은 그렇게 흘러가는 것인 줄만 알았다. 그러나 손목이 불편했던 어느 날, 숨이 턱턱 막혔다. 더 무얼 하면 좋은 것일까? 질문을 해도 답이 떠오르지 않았다. 그래서 정수리를 내려놓으면서 비파리타 단다아사나로 내려와 숨을 쉬다가 문득 깨달았다. '아, 몸의 뒷면!'

앞에서의 열림이 덜컹거리는 날에는 등을 좁히고 하체의 뒷면에도 힘을 더 강하게 채워야 한다. 등을 좁히며 만든 힘으로 '미세요.'라는 글씨를 보고 문을 밀어내듯 가슴 쪽을 향해 밀어내면 정말 문이 열리듯 가슴이 부드럽게 열리는 것이 느껴진다. 그러니까 요즘의 부드러운 열림은 어느 날의 불편했던 몸과 숨이 막혔던 기억, 뒷면에 자리하고 있는 힘을 다시 한 번 꺼내든 그날에서 시작되었다.

엄마는 산길에서 자꾸만 발이 미끄러졌지만 멈출 수가 없었다고 이야기하셨다. 그 길에서는 누가 대신 저 앞으로 데려가줄 수 없음이 분명하니 도무지 멈출 수가 없었다고. 그리고 그 시간이 지나가자, 가슴을 활짝 열고 숨을 크게 쉬고 더 앞으로 걸어 나갈 수 있게 되었다고 하셨다.

수도 없이 미끄러졌던 마음들과 먼 곳에서 답을 찾아 헤매며 거리를 쏘다니던 시간들을 눈을 감고 불러온다. 찾아다니던 답도 내 마음의 독기를 빼줄 위로도 먼 곳에 있지 않았다. 여기 내 등에, 내 삶의 뒤편에, 내 눈에 보이지 않아 때로 없는 것처럼 여겨지는 뒷모습에서 모두 가만히 숨죽이며 내가 멈추고 돌아보기를 기다리고 있었다.

멈추고, 숨을 돌리고, 눈을 감는다.

보이지 않는 것은 없는 것이 아니라 내가 보지 못하고 있는 것이다. 이제 막 보이는 것은 없었던 것이 아니라 이제야 내가 보게 된 것이다.

여전히 그런 것들이 많다.

숨 쉴 공간이 있어야
숨 쉴 수 있다

파스치모타나아사나

가을을 만난다. 가을에는 가을을 만나고 싶다. 가을이 오는 것, 머무르는 것, 가는 모습까지. 놓치지 않고 만나고 싶다.

얼마 전 수련 시간에 선생님께서 무언가 마음처럼 되지 않을 때 누구에게 짜증을 내거나 화를 내지는 않는지 물으셨는데, 나는 단번에 속으로 대답했다. 바로 나 자신에게요.

타인에게는, 그게 엄마여도 이유 없는 짜증은 내지 못한다. 엄마가 서운할 테니까. 내가 아닌 타인의 생을 외롭게 만드는 일은 하고 싶지 않다고 십대 후반 무렵부터 생각해왔다. 마음껏 해버린 생각이나 말이 누군가에게 칼날이 되는 일이 너무 무서웠다. 엄마도 아빠도, 그런 말들을 받아내려고 아이를 낳은 것은 아닐 텐데, 하는 생각을 했던 것 같다. 어쩌다 보니 결혼을 하고 아이를 낳았을 뿐인데 어른 행세를 해야만 한다는 것은 아주 외로운 일일 것 같다고.

그래서일까, 나는 나에게 곧잘 화를 냈다. 알 수 없이 생긴 화는 대부분 나에게 화살이 되어 꽂혔다. 나는 나를 못살게 굴고, 나를 울게 만들 말들을 내부에 쏟아내는 바보 같은 사람이었다. 타인에게는 너그럽고 자신에게는 단호한 잣대를 들이미는 사람.

어느 가을, 숨을 조금 크게 쉬고 싶다고 생각하다가 집 근처에 있는 홍지문 앞에 주저앉아 운 적이 있다. 계절이 지나가는 줄 몰랐는데, 바닥은 온통 단풍으로 붉게 노랗게 물들어 있었고 고개를 드니 나무들은 이미 겨울을 맞이하고 있었다. 그게 서운해서 눈물이 났다. 숨을 한 번 크게 쉬지도 못하고 가을이 지나간 뒤였고, 또다시 바쁜 시간을 보내고 고개를 들었을 때엔 가을의 뒤꽁무니도 보지 못할 것이 너무 당연해서. 그런데도 같은 자리를 뱅글뱅글 도는 것만 같아서. 나를 찾아온, 좋다고 여기기 어려운 일들과 세상 무엇보다 충만하게 가진 부족함들이 나를 몰아붙이고 있다는 생각을 했다. 이런 식으로 계속해서 열심히 살아내도 나는 계속해서 내 마음에 들지 않을 것만 같아서 두려웠다.

계속 노력했는데도 여전하다면 계속 하던 일 말고 다른 일을 해보아야 한다. 무언가를 멈추거나, 무언가를 더하거나, 아무것도 하지 않거나, 더 많은 다른 방향의 사람들을 만나보아야 한다. 그러다 보면 내가 놓치고 있던 세계의 편린들이 붙잡고 있던 시간의 틈바구니 사이사이로 끼어들며 숨구멍을 만들어준다.

타인은 모른다.
내가 잘 지내고 있는지, 내가 괜찮은지,

내 안에 숨 쉴 공간이 있는지.

나만 안다.

파스치모타나아사나를 하며 열려 있는 손바닥과 발바닥을 느끼고, 목의 앞면과 뒷면도 살펴본다. 부드러운 목은 어깨의 공간까지 가볍게 열어준다. 거기까지는 바깥에서도 잘 확인할 수 있다. 나를 도와주고 싶어 하는 누군가가 도와줄 수 있는 공간의 문제는 바로 여기까지. 골반의 안쪽에도 적당한 공간을 만들면서 동작을 하고 있는지를 가장 확실하게 아는 사람은 나 자신이다. 나 자신뿐이다. 공간을 만들고 깊은 숨을 쉬고 있을 때, 코로 들어온 숨은 머리로도 가고, 어깨로도 가고, 상체에서 골반을 지나 하체로, 그리고 발끝까지 전달된다. 서둘러 가려는 마음, 멀리 가려는 욕심에 공간 만들기를 놓치면 숨이 답답해진다. 계속해서 받아들일 수 있는 외부에너지 중 꽤 큰 것이 호흡인데 숨을 몸 구석구석으로 퍼뜨리는 것은 그래서 역시 중요하다. 그리고 숨 쉴 공간이 있어야 숨을 쉴 수 있다. 무엇보다 해야 하는 일은 바로 공간을 만드는 일. 가끔 숨이 막힌다는 느

낌이 든다. 그런데 매트 위에서, 몸을 움직이면서, 그리고 삶에서, 마음을 움직이면서, 충분히 숨 쉴 공간을 만들지 못해 숨 막히는 상황을 만드는 것은 결국에는 나 아닐까?

그 가을에, 가을이 지나가는 그 풍경을 볼 수 없게 두 눈을 가린 것은 타인이 아니라 나 자신이었다. 가을 냄새를 맡을 수 없게 코끝을 막았던 것 역시 나 자신이었다. 상황이 나를 그렇게 만든 것이 아니라 내가 나를 그렇게 만든 것이었음을 이제야 안다.

타인은 완전히 알 수 없는 나라는 세계 안에서, 내가 만들어야만 하고 나만 확실하게 알 수 있는 공간이 나를 숨 쉬게 한다. 만트라처럼 되뇐다. 숨 쉴 공간이 있어야 숨 쉴 수 있다.

가을을 만난다. 가까이에서 가깝게 만난다. 멀리서 찾고자 하는 마음과 멀어진다. 놓치지 않고 만나고 있다.

시간의 기억과
희망의 뿌리를 안고 보내는 오늘

비라바드라아사나 3

길은 언제나 그곳에 있다. 그리고 그 길에서 봄을 만나는 나와, 길을 그냥 지나치는 내가 있다. 매일 같지만 매일 조금씩 다른 내가 있다. 그냥 지나쳤던 날이 있어서 가만히 멈춘 날에 감동하게 되는 것인지도 모른다.

녹사평역에서 내려 요가원으로 걸어가다 보면 항상 만나

는 풍경이 있다. 오른쪽으로 고개를 돌려 하늘을 보면 남산타워가 있고, 쭉 뻗어 있는 길을 따라 걷다 보면 계절을 느낄 수 있다. 자주 만나는 풍경은 변함없을 것 같지만 계절은 걸음을 서둘러 옮길 때가 많고, 그것을 기억하는 나는 요즘 그 길에서 아침마다 봄을 만나고 있다. 아직 겨울 같은 봄, 안개가 많이 낀 봄, 먼지가 많아 남산타워가 보이지 않는 어떤 날의 봄, 비가 내린 후 투명한 바람이 부는 봄, 목련이 피는 봄, 여린 초록빛이 수줍게 올라오는 봄.

두 발을 모두 지면에 두고 동작을 할 때에는 양쪽의 균형을 생각하고 힘을 분배하게 된다. 그런데 한 발을 뒤쪽 허공으로 뻗어내고 나면 어쩐지 힘을 만드는 것은 지탱하는 다리인 것만 같고, 그래서인지 들고 있는 다리와 앞으로 펼쳐낸 팔이 마음에서 멀어질 때가 있다. 그런데 정말 그럴까? 지면에 닿아 있는 다리만 최선을 다해주면 나는 균형을 잡을 수 있는 것일까? 그럴 리가 없다. 다리가 두 개인데, 그중 하나에만 모든 일을 다 하라고 하면 그 하나가 얼마나 힘들까. 그 자리에 있는 것이 모두 제 몫을 하고 있을 때 균형은 찾아온다. 다리가 두 개라면 둘 모두를 사용하고, 팔도 손도 두 개라면 전부 감각하고 있을 때 몸은 그 모든 것 안에서 중심을 잡는다.

중심을 지키며 단단해지고 싶다는 바람을 가졌던 내가 있다. 그때의 나는 시간이 흘러 내가 성장하면 언젠가 이 바람이 실현될 것이라고 생각했다. 이제야 고개를 끄덕이는 것은 휘청거리지 않고 단단하기만 한 것은 생명이 없는 것들뿐이라는 사실이다. 살아 있다면 언제든 흔들릴 수 있고, 언제든 중심을 잃을 수 있고, 언제든 중요한 것을 잊게 될 수 있다. 요즘도 나는 종종 내가 가진 것을 잊어버릴 때가 있다. 내가 가진 능력도, 내가 할 수 있는 말도, 나에게 왔던 소중한 기억들도 희미해지는 날이 있다. 나의 다리가 두 개라는, 태어나 지금껏 변함없었던 것을 잊게 되기도 하는 것처럼.

다시 기억하면 된다. 다시 기억하면 된다고 다독이는 내 마음을 들여다보다가 그 마음에 밑줄을 긋는다. 세월이 흘

러 멀어진 기억과 아직 여기에서 출발하지도 않은 시간들이 허공에 뻗은 발처럼 마음에서 멀어질 때면 여기에 존재하는 것조차 꿈같이 느껴진다. 현재는 중요하다. 현실에 뿌리내리는 일은 중요하다. 그러나 오늘의 나는 내가 지나보냈던 일들을 기억하고, 앞으로 다가올 일들을 그리며 지금을 바라본다. 없지 않다. 분명 나의 내부 어딘가에 새겨져 있을 시간의 기억과 희망의 뿌리들을 가만히 느껴본다.

이제 막 움트는 계절에서 만나는 빛깔과, 완연한 계절의 한가운데에서 마주치는 빛깔과, 계절이 지나가고 잎들이 진 후에 볼 수 있는 빛깔이 다르다. 모두가 소중하다. 흔들린 기억도, 지금의 흔들림도, 중심을 잡다가 언젠가 흔들리게 될 날도 모두가 고맙다. 그 날들이 쌓여 나는 견고해진다.

비라바드라아사나 3에서 진짜 견고함을 만드는 것은 멈춤 버튼을 누른 듯한 내 모습이 아니라 유연한 마음으로 흔들릴 줄 아는 것, 흔들리다가 중심을 찾은 날들을 기억하는 것, 앞으로 시간이 흐르며 또 흔들릴 거라는 것을 내가 아는 것이다. 그 모두가 각자 마음의 자리에서 제 몫을 할 때 나는 더 안전한 마음이 된다.

몸은 일종의 기억장치이다.
마음도 그렇다

비라바드라아사나 1

세상에는 자전거 타기와 같은, 잊은 줄 알았지만 막상 다시
만나면 잊은 것이 아닌 일들이 많다. 과거에 좋아했던 어떤
노래의 가사를 귓갓길 라디오에서 듣고는 혼자 중얼거리는
날도 있고, 그러다가 그 노래를 함께 들었던 친구와 친구의
작은 방이 떠오르기도 하고, 그 무렵 우리가 나누었던 대
화의 작은 조각들이 깨진 채로 내 안에서 발견되기도 한다.

생각보다 나의 내부는 꽤 깊은 것인지 아래를 잠깐 스윽 내려다볼 때에는 보이지도 않던 것들이 멈추어 가만히 오래 들여다보면 깊은 곳에서부터 하나씩 위로 올라온다.

우리 몸은 일종의 기억장치다. 마주잡았던 손을 기억하고, 어린 시절에 자전거에 올라타 페달을 구르던 것도 새겨져 있다. 먹었던 음식도 만났던 공기도, 기억력이 좋지 못한 나만 잊었을 뿐 내 몸은 모든 것을 기억하고 있는 것이다. 그리고 그러한 몸의 기억은 어떤 움직임 안에서 머무르며 호흡할 때 나를 찾아오곤 한다. 이를테면 자전거 위에서 반복적으로 발을 구를 때나 요가 매트 위에서 동작을 할 때 사용되는 근육들에서, 혹은 나에게서 나는 체취 같은 것들에서. 그리고 마음 역시 걸음을 멈추어야 보이는 것이 있다. 마음이 한 장소를 서성거릴 때에야 스스로 기억해내는 마음의 근육이 있다.

거짓말을 좋아하지 않는다. 누군가가 나에게 하는 거짓말도, 내가 누군가에게 하는 거짓말도 모두 좋아하지 않는다. 아마도 거짓말을 해야 할 만큼 애를 쓰며 살고 싶지는 않은 것이리라 생각한다. 그런 내가 나에게는 가끔, 거짓말을 했으면 하고 바랄 때가 있다. 만들어보지도 않았던 움직임을 만들면서 처음부터 잘했으면 하고 바랄 때가 있고, 아직 익숙하지 않은 풍경에서 빨리 중심을 잡았으면 하고 소망하기도 한다.

재즈를 좋아해서 스윙댄스를 추기 시작한 것도 벌써 10여 년 전. 대학생이었던 나는 춤을 추러 바에 가는 시간이 너무 좋아서 두려워지곤 했다. 그 무렵의 나는 매번 그랬다. 해야만 한다고 생각한 일을 해내기 위해, 되어야만 한다고 생각한 사람이 되기 위해 고군분투했다. 그런 생각이 하고 싶은 일들보다 훨씬 중요했던 때였다. 그래서 나는 도망을 쳤다. "너무 사랑해서 떠나는 거야."라는 말은 드라마 속 옛 애인들에게만 하는 말이 아니었다. 나는 너무 사랑하게 되어 두려워질 때마다, 이렇게 흔들리며 인생을 살다가 문득 깨달았을 때 주위를 살펴보니 나락이라면 어쩌나 걱정하며 도망을 쳤다.

지금은 물론 '도망치지 않았다면 더 흔들흔들거리며 춤을 잘 추게 되었겠지.'라고 생각한다. 대학원생이 되어 다시 스윙댄스를 시작했지만 저녁에는 요가 수업을 하느라 마음껏 춤을 출 수는 없었고, 긴 여행을 준비하고 여행을 하고 돌아와 적응하는 동안에도 당연히 자주 춤을 출 수 없었다. 그러니까 요즘 다시 연습을 시작한 나는 마음처럼 움직여주지 않는 나에게 자꾸만 거짓말을 요구하게 되는 것이다.

그러다가 요가 매트로 돌아와 비라바드라아사나 1을 만나면 다시 정직한 나, 거짓말을 기대하지 않는 나를 마주한다. 요가 수련과 수업을 하면서 아마 아도무카 스바나아사나 다음으로 자주 만난 동작이 비라바드라아사나 1 아닐까? 앞쪽에 있는 발에서 올라오는 힘과 뒤쪽에 있는 발에서 올라오는 힘이 골반에서 만나고 그 힘은 아랫배에서 위쪽 등과 가슴으로 전달된다. 어깨를 부드럽게 만들며 팔을 하늘 쪽으로 펼쳐내면, 정직하게 몸이 하는 이야기들이 들린다. 어제의 움직임으로 오늘 뒤쪽 다리가 조금 타이트하게 느껴지면, 그렇구나, 하며 지나간다. 그렇게 마음들을 흘

려보낸다. 내부에 기억이 있다면 꺼내고, 아직 기억이 없거나 너무 멀어진 기억이라면 '낯선 것이 당연하지. 그래서 쉽지 않은 것이 또 당연하지.' 하고 웃으며 이야기할 수 있게 된 것이 바로 요가가 나에게 준 선물.

그 선물을 품에 안고 잠시 머무르며 동작 안에서 호흡한다. 몸에게 거짓말을 요구하지 않는다. 기억나는 것은 기억하도록 두고, 기억나지 않는 것은 멀어지게 두고, 첫 번째 기억이라면 서투르다는 말을 소중하게 쓰다듬는다.

내 두 손이 기억하는 사랑하는 사람의 기억을 애써 밀어내지 않고, 어색하게 잡아버린 새로운 손을 애써 익숙한 듯 잡지도 않는다. 내부에 쌓인 기억을 존중하고 정직하게 몸과 마음을 사용한다.

보이는 것과
보이지 않는 것

살라바아사나

바깥을 살펴본다. 어떤 규칙 안에서 하루를 보내고 있는지 확인해보고, 어떤 말을 밖으로 하고 있는지 바라본다. 그렇게 바깥을 정돈하고 나면 내부에 있는 에너지는 자연스럽게 조절되는 것이라고 생각했다. 그 방법이 최선이라는 생각을 했다.

그러나 정말 그럴까? 내부의 에너지와 숨을 살펴본다. 마음이 어떤 속도로 하루를 보내고 있는지 확인해보고, 어떤 말을 속으로 되뇌는지 들여다본다. 그렇게 내부를 단정하게 하고 나면 외부에 있는 것들은 자연스럽게 조절되는 것일지도 모른다는 생각을 한다. 과거에 그렇다, 라고 생각한 어떤 단호함들은 나의 부족함에서 생겨났던 것이구나 깨달으며 마음이 부드러워진다.

연말이 되면 한 해 동안 했던 말, 한 해 동안 했던 일들과 지나보낸 마음들을 뒤돌아본다. 찾아온 사람들을 떠올리고 멀어진 사람들은 정말 멀어져버린 것일까 기억을 더듬어본다. 누군가를 기쁘게 하기도 했을까, 누군가에게 상처를 주었던 것은 아닐까, 어떻게 살아가고 있는 것일까, 어떻게 마무리 짓고 어떤 고리를 새로 걸면 좋을까 같은 것들을 큰 결심이나 다짐의 옷을 걸치지 않고 생각한다. 엉망인 것 같다고 울상이 되는 연말에도, 대견하다고 머리를 쓰다듬어주고 싶은 연말에도, 습관처럼 하는 일이 있다면 열 나라의 작가들의 책을 읽는 일이다.

하려 했으나 못했던 것을 하고 싶다는 생각과 그것을 연말이라고 미뤄버리지 않았으면 했던 2014년 11월 어느 날, 혜화동 로터리에 우두커니 서서 눈을 감고 숨을 크게 쉬었다. 그해의, 하려 했으나 못했던 일은 내가 나와 시간을 보내는 것. 바깥을 살피고 주변 사람들에게 좋은 말을 건네려고 노력하는 동안 나에게는 고운 말들을 충분히 건네지 못했다는 것을 알게 되었다. 나를 안아주고 싶어서 시작한 혼자만의 프로젝트. 열 개국 책 읽기. 바깥에서 들어오는 정보를 조율하면 내부의 에너지도 천천히 정돈되지 않을까 하는 생각을 했던 것 같다. 고요하게 매듭을 어루만지고 싶었고, 단정하게 새로운 해를 맞이하고 싶었다. 보이는 것을 조절하고 나면 보이지 않는 것은 당연한 수순처럼 좋은 자리를 찾게 될 것이라고 믿었다. 할 수 있는 일은 보이는 것들을 바로잡는 일이니까 나는 나를 위해서 내부로 유입되는 것에 변화를 주려 했다. 입으로 들어가는 것과 눈에 담기는 것, 귀로 흘러들어 오는 소리와 코에 스치는 냄새, 몸을 움직여 담기는 시간 같은 것들을. 밖에서부터 내부로 무심코 들어오던 것들을 먼저 살펴야 한다고 여긴 것이다. 그렇게 혼자를 기르는 동안 만든 안의 에너지가 다시 밖으로 나가는 것을 지켜보았다.

그러고 나니 나에게 그것은 어느 정도 진실처럼 보였다. 보이는 것을 먼저 조절하고 나면 보이지 않는 것에 자연스럽게 힘이 생겨난다는 것.

그러나 항상 그렇기만 한 것은 없다. 보이는 것보다 먼저, 보이지 않는 마음에서부터 생겨나는 것들이 있다. 눈에는 보이지 않는 깊은 것을 먼저 따뜻하고 고요하게, 모서리가 너무 뾰족하지 않도록 만들어두고 나면 보이는 것들이 그것과 닮은 모습으로 조율된다. 말 그대로 자연스럽게 자리를 찾아간다.

그러니까 이럴 수도 있고, 저럴 수도 있으니 매 순간 무엇을 먼저 살펴볼지를 정해야 한다.

오늘의 나, 오늘의 내 몸과 오늘의 내 마음에게 필요한 방식을 정한다. 살라바사나를 한다. 오늘의 나에게는 숨을 살펴보는 일이 첫 번째로 필요했고 배꼽 아랫부분에서 만들어져서 몸 구석구석으로 퍼져나가는 내부의 힘이 중요했다. 오늘의 살라바사나에서는 그것을 먼저 살펴보았더니 바깥이 조절되었다. 바깥을 조절하려 한 것이 아닌데 더욱 필요한 자리에 적당한 모습으로 존재할 수 있게 되었다. 아랫배에서 올라온 힘이 가슴을 높여주고 다리 안쪽의 힘은 발끝으로 전달되어 뻗어 올려진다. 올리려고 할 때보다, 그곳으로 가려고 할 때보다 더 기분 좋게 그 자리에 몸을 둘 수 있게 되었다.

보이는 것에서 보이지 않는 것으로, 깊은 곳에서 먼 곳으로 영향을 주고받는 몸과 마음의 안팎을 골고루 살펴본다. 대부분의 정답은 오늘의 정답일 뿐이라는 것 또한 기억한다. 내일의 선택이 같을 수 있지만 그것 역시 내일의 정답일 뿐이다. 그리고 그 정답을, 나의 내부에서 찾는다.

하나 다음 둘, 셋.

아도무카 스바나아사나

미련이 많은 기질이라고 생각했다. 오래전 사랑했던 사람과 이별을 한 후 나는, 아주 오래, 꽤 오래 힘겨워했다. 친구들이 "이제 그만 좀 해."라고 이야기를 하는데도 이별을 받아들일 수가 없었다. 밤이 되면, 하려 했으나 하지 못했던 말과 하고 싶었으나 할 수 없었던 일들이 나를 찾아와서 내내 울곤 했다. 요가를 하기 이전, 연애에서 먼저 삶을 만났고 '모든 것에는 끝이 있다는 것', 그리고 그 후에는 '하려 했으나 하지 못한 일들이 정해진 순서처럼 나를 찾아와 고개를 숙이게 만든다는 것'을 깨달았다. 오래 생각했다. 왜 이렇게 매번 멀어진 다음 억울함과 비슷한 감정이 나를 찾아오는 거지?

생각으로만 하고, 실제로는 하지 못한 일들이 나를 울먹이게 만든다.

할 수 있는 모든 것들을 아주 단순하게, 그냥 한번 해보는 삶을 살아보아야겠다는 생각을 했다. 그렇게 성실하게 즐거운 사람이 되기로 결정한 다음 나는 짧지 않은 여행을 떠났고, 돌아와서 삶을 이어가고 있다. 그렇게 그냥 한번 해본 경험이 지금의 내 동력이 되고 있다. 여전히 성실하게 마음을 쓰려 하지만 때때로 게으른 마음과 손을 잡기도 한다. 그런 날에도 나는, 나를 긍정한다. 나를 미워하는 일에 에너지를 사용하고 싶지 않다고 마음을 꺼내든 다음부터, 그날 삼킨 마음을 혀끝으로 굴려본다.

아무것도 바라지 않으면서, 많은 것을 바라고 있다. 그러니까 나는 요즘, 오래전에 바라던 반짝이는 것들은 바라지 않게 되었으나 나답게 해낼 수 있는 즐거운 일들은 바라고 있다. 무언가를 바랄 때, 할 수 있는 첫 번째 일이 무엇인지 잠깐 생각하고는 앞뒤 재지 않고 시작해버린다. 즐거운 시간이 흐르고 있다는 것은 역시 아쉬운 일이니까 선뜻 무언가, 아주 사소한 것 하나를 해버린다. 오랫동안 공들여 시간 쌓는 것을 좋아하는 나는 이런 일에 여전히 서투르다. 그래도 단숨에 해낼 수 있는 사소한 일들을 중간중간 끼워 넣는 것이 스스로를 더 사랑할 수 있는 나만의 매뉴얼이 되었다. 행동이 빠른 사람이 아님을 알고 있다. 그것을 알고 있으니 이제는 그런 나를 기다려줄 수 있다. 마음도 걸음이 느리다. 빨리 뛰어가라고 재촉하고 싶을 때도 있지만 조금만 기다려주면, 문득 찾아온 계절처럼 속도를 붙여 걸어 나갈 것이다. 경험으로 알고 있다. 첫 단추에 손을 올려 매듭에 단추를 끼우는 일부터 시작한다.

매트를 펴고 발을 디디는 일부터가 수련이라고 많은 사

람들이 말한다. 정말 그렇다. 때로 몸과 멀어진 느낌이 들 때면 매트를 펴고 가만히 앉아 있다가 아도무카 스바나아 사나를 한다. 가장 자주 만나던 친구에게 제일 먼저 손을 내미는 심정이 되어 동작을 만들고는 다음 마음을 기다린 다. 손바닥이 서서히 깨어나면 팔의 근육들이 어깨 여는 것을 도와준다. 등의 감각들이 배와 골반으로 전달되고, 발바 닥에서 올라온 힘들은 허벅지를 지나 손에서 올라온 힘들과 몸의 중심에서 마주친다. 우선 움직이고 나면 그다음에 는 좋아하던 동작들이, 부르기를 한참 기다리기라도 한 것처럼 줄지어 나를 찾아온다. 하나를 했을 뿐인데 할 수 있는 동작들이 우르르 선물처럼 쏟아진다. 아무것도 하지 못할 것 같은 마음은 첫, 하나를 시작하기 전까지만 나를 압도한다. 첫 번째 동작으로 가장 사랑하는 아도무카 스바나 아사나. 화려하지 않은, 누군가에게는 사소하게 보이고 별 것 아닌 것 같아 보이는 이 동작을 하고 나면 그렇게 깨어 난 몸으로 다음 동작들을 만들 수 있게 된다. 하나가 있어 야 둘도 셋도 있다는 것을 알게 된다.

작은 일들, 별것 아닌 것 같은 사소한 바람들을 하나씩 꺼내어 품에 안으면 반짝거리는 것 위에 올라서 있는 것보다 더 반짝반짝한, 반짝임 그 자체인 시간이 채워진다. 찾아오는 일들의 첫 번째 할 일 찾기에 재미를 느끼다 보니 조금은 가벼워진 시간을 만나게 되었다. 기질이 변했다고 생각했는데 이제 보니 그 변화는 행동에서 시작된 것이었다.

흔들릴 수 있다는 것은
거기에 무언가 있기 때문이다

나바아사나

너무 자주 만나서 무뎌지기도 하고, 너무 오래 만나지 못해
무뎌지기도 한다. 그런 것을 보면 사람은 정말 무뎌지기 쉬
운 존재인 것만 같다. 좋은 타이밍에 만나 한 시절을 즐겁
게 보낸 친구를 오랜만에 만나고 집으로 돌아오는 길에는
좋았다는 마음과 왜인지 모르게 눈물이 날 것 같은 울렁거
림이 함께 올라온다. 어느 시기가 지나고 나면 예정되어 있

었던 것처럼 가족이 달라졌고, 사는 곳까지 물리적으로 모두 변해서 아무도 서로에게 실망하지 않았지만 그렇게 마음까지 떨어져버린 사람들. 선을 긋고 선의 반대편으로 달려온 것도 아닌데 어느새 서로 어떻게 지내는지는 함께한 추억이 없는 타인이 아는 정도로만 알게 되어버린 우리들.

그래서 나도 모르게 문득 어느 날에는 있었던 일이 없어진 것 같고, 없었던 일이 있었던 것인가 고개를 갸웃하게 된다. 무뎌져서 거기에 있었던 것이 맞는지 질문하다가 막상 만나면 무릎을 끌어안고 웃으며 '맞아, 있었지. 이런 표정의 너와 이렇게 말하는 내가.' 하게 된다.

언젠가 춤을 추다가 내 발과 타인의 발이 세게 부딪혀 발톱이 다쳤다. 빠지려나 싶었는데 별일이 없기에 그냥 두었는데, 어느 날 통증이 느껴져서 그제야 혼자 살던 집의 침실에 동그랗게 등을 말고 앉아서 발을 들여다보았다. 발톱의 뿌리 부분에 멍이 들어 있었다. 나는 다친 부분이 아니라 다른 곳이 아픈 것이 이상했다. 그래서 전보다 조금 더 자세히 보았다. 친구의 작업실에 가려던 어느 저녁이었다. 멍들지 않은, 색도 그대로이고 통증도 없는 발톱을 만져보니 아무렇지도 않아서 '무언가 문제가 있는 건가?' 싶었는데 핀셋으로 들어 올리자 툭 하고 발톱이 떨어져 나왔다. 발을 부딪힌 그때 죽어버린 발톱은 이미 죽었기 때문에 멍이 들 수도 통증이 느껴질 수도 없었다는 것을 그제야 이해했다. 발톱의 뿌리 부분에서 이제 막 솟아오르는 부분은 살아 있어서, 살아 있기 때문에, 살기 위해서 멍이 들기도 하고, 아프기도 할 수 있음을 알게 되었다.

나바아사나를 할 때면 복부가 흔들릴 때마다 나의 약함을 느낀다. 거기에 아무것도 없는 것 같다고 자주 생각하지만, 그러나 나는 알고 있다. 아무것도 없는 곳에는 떨림도 있을 수 없다. 흔들릴 수 있다는 것은 거기에 무언가가 있기 때문이다. 무언가가 있으니 몸을 움직이기도 하고, 배가 당기도록 웃기도 하는 거겠지. 그러니 조금 약해진 것쯤으로 아무것도 없는 것 같다고 생각하며 소중한 것을 잃은 표정은 짓지 않기로 한다.

다른 방향으로 길을 틀어 한참을 걸어온 우리들이 때때로 한 모퉁이에서 만나 오랜만이야, 보고 싶었어, 라고 말할 수 있는 것은, 어쩌면 우리에게 아직 소중한 기억이 마음 깊숙한 곳에 남아 있기 때문이다. 마지막 인사를 하지 않은 우리는 언제든 만날 수 있을 테니 서운한 표정은 짓지 않기로 한다.